책을 펴내며

2020년은 유난히 힘든 한 해였습니다. 전례 없는 역병인 '코로나19'로 인해 시작이 매우 늦게, 그리고 엉성하게 시작되었습니다. 학교의 상황과 등교 일정은 수시로 바뀌고 1학년과 2학년이 함께 활동할 수 있는 시간도 얼마 되지 않아 계획 수립과 실행을 필요로 하는 책쓰기 작업이 걱정스러웠던 것도 사실입니다.

그럼에도 불구하고 도원고 '인문학 책쓰기' 동아리 학생들은 '편지'라는 테마를 잡고 소설을 완성했습니다. 이야기를 쓰는 행위는 단순히 상상의 나래를 글로 옮기는 작업이 아니라 하나의 세계를 만들어 내는 일입니다. 그만두고 싶은 순간이 있었을 텐데도, 포기라는 쉬운 길이 있었음에도 불구하고 꿋꿋하게 새로운 세계를 만들어내는 데 성공한 학생들에게 무한한 칭찬과 감사를 전

하고 싶습니다.

하나의 이야기를 시작해서 끝맺는 힘든 과정을 거쳐 얻은 이 책과 이번의 경험을 소중히 여겼으면 좋겠습니다. 사실 모든 일이 시작보다 끝맺는 것이 어렵거든요. 막상 시작은 했는데 포기하고 싶고 그만두고 싶을 때 스스로 완성한 소설을 기억했으면 합니다. 이렇게 '마무리'에 성공한 경험이 여러분의 삶에 큰 응원이 되길 바랍니다.

2021년 2월
도원고 '인문학 책쓰기' 동아리
지도교사 최수진

여는 글

당신이 편지를 써 보거나, 받아 본 마지막 때는 언제인가요?

그 편지를 쓰고 기다리다 보면 누구나 한 번쯤은 느껴 보았을 기분 좋은 설렘, 기대감 등 수많은 감정을 느끼게 됩니다. 각자의 사연이 깃들여져 더욱 깊어지는 감정을 전달해 주는 편지는 누군가에겐 낭만을, 또 누군가에겐 잊지 못할 추억을 안겨줍니다. 이번 도원고 '인문학 책쓰기' 동아리에서 집필한 소설 '오다, 왔다'는 편지를 통해서 느낄 수 있는 수많은 감정들을 담아낸 단편소설입니다.

무작정 책상 위에 편지지를 올려놓으면, 어떤 내용으로 편지를 시작할지 막막하기만 합니다. 하지만 시작만 조금 어려울 뿐 어느새 편지지를 가득 채우고 있는 자신의 모습을 보았을 때 우리는 편지지의 분량이 너무 작다는 생각을 하게 되기도 합니다. 편지를 보내고 답장이 올 때까지 하루에도 몇 번씩 우편함을 열어 보다가 마침내 답장이 도착했을 때의 작은 희열은 평범했던 우리의 하루에 소소한 행복을 가져다주기도 하지요.

편지에 대한 이러한 작은 경험들로도 우리는 사연 많은 다양한 추억들과 이야기들을 떠올릴 수 있습니다. 슬픈 소식, 기쁜 소식 또는 특정한 소식이 아닌 잔잔하면서도 평범한 일상을 담은 누군가의 편지는 작지만 받는 사람들의 기억 속에 오래 남게 됩니다. 나의 진실된 마음을 전달해 주는 편지 대신 좀 더 빠르고 편리한 휴대폰 문자 메시지를 주로 이용하는 현대 사회 속에서 점점 그 지분이 사라져 가고 있는 편지를 소재 삼아 도원고 '인문학 책쓰기' 동아리는 소설 '오다, 왔다'를 독자분들께 선보이려 합니다.

어느새 특별한 때가 아니면 거의 쓰지 않는 매체가 되어 버린 편지를 이번 기회에 저희의 소설 '오다, 왔다'를 통해서 그 동안 하지 못했던 이야기, 마음 속에 숨겨두었던 이야기, 혹은 전하고 싶은 안부를 적어 보는 시간을 가져 보는 건 어떨까요?

2021년 2월

도원고 '인문학 책쓰기' 동아리

박주은, 진서연

목차

Chapter
1

꿈과
성장의
편지

청춘 중

- 송 채 은

편지가 도착했다.

정확히 말하자면 초대장에 가까웠다.

> 수정아! 나야, 이동하! 요즘 졸전 준비로 바쁠 텐데 잘 지내고 있지? 다름이 아니라, 드디어 내 전시회 준비가 마무리 단계야! 1년이라니. 이 번 전시회 준비는 생각보다 훨씬 오래 걸렸네. 그지? 내가 시골로 내려가 기 하루 전날 아쉬워하던 우리 아기 새 같은 지수랑 수정이 얼굴이 아직 도 생생해. 너무 보고 싶다! 그런 의미로 내가 너희들에게는 특별히 공짜 로 전시회에 올 수 있는 특권을 주마! 7월 13일 토요일 11시에 보자. 아 마 그 시간이 제일 여유로울 거야. 같이 넣어 둔 종이에 전시회장 위치랑 티켓 있으니까 확인하고! 꼭 와 줄 거지? 안 오면 안 된다!
>
> ps. 지수한테는 따로 편지 못 보냈어. 어차피 너희 두 명한테 하는 이 야기니까 이야기 전해 주고 같이 와!

'꼭 와 줄 거지?'라고 마무리 짓는 편지에 무언의 압박이 느껴졌다.

"어, 수정. 하이!"

동아리실 문이 열리는 소리와 함께 명랑한 목소리가 울려 퍼졌다.

"뭐야. 먼저 와 있었으면 연락하지!"

"아냐. 나도 방금 왔어."

지수는 웬일로 일찍 왔냐며 내가 앉은 바로 옆자리의 의자를 꺼내 앉았다.

"웬 편지야? 요즘 같은 시대에?"

아직 정리해서 넣지 못한 편지를 가리키며 지수가 물었다. 잠시 잊고 있던 편지를 다시 정리해 봉투에 넣으며 말했다.

"아, 이거? 동하 선배. 동하 선배 하면 또 감성 아니겠니."

"음~ 고건 맞지. 이동하에서 감성 못 빼지. 근데 무슨 일로?"

"전시회 하신대. 안 그래도 너한테는 못 보냈다고 같이 오라고 하더라."

"헐, 뭐야. 서운하네. 이거~"

장난스럽게 사투리를 섞어가며 말하는 지수에 웃음이 났다. 말은 이렇게 해도 동하 선배를 진심으로 존경하고 있는 지수의 입가에는 벌써부터 설레어 하는 미소가 지어져 있었다.

●

"와 오늘 진짜 덥다. 선배는 하필 이런 날에!"

시킨 지 10분이 채 안 됐지만 벌써 얼음이 다 녹아 가는 아이스 아메리카노를 마시며 지수가 말했다.

"그러게. 이제 진짜 한여름이다. 그래도 우리 선배 못 본 지 한 1년 넘었지?"

"응. 선배 작품 준비한다고 지방으로 내려간 게 작년 초여름이었으니까. 와, 그렇게 보니까 진짜 오랜만이기는 하다."

나는 지수의 말에 고개를 끄덕이며 선배와의 마지막 만남을 떠올렸다.

동하 선배는 대학 졸업 후 가장 이상적인 작품 활동을 이어나가는 사람 중 한 명이었다. 미대를 졸업한 뒤 이렇게 금방 단독 전시회를 따낼 수 있는 사람은 별로 없었다. 졸업하기 전 그런 동하 선배의 모습을 지켜보며 나와 지수는 늘 자극을 받곤 했었다.

선배는 졸업하고 몇달 뒤 프랑스로 유학을 가셨고, 돌아온 선배와 잠깐 얼굴을 본 건 우리가 22살이 되었을 때였다. 그것도 매우 잠깐 서울에 계셨을 때, 없는 시간을 쪼개서 만난 일정이었고 그 바로 다음 날 작품 준비를 위해 지방으로 내려가신 게 또 일 년이 더 된 것이다. 선배는 바쁜 만큼 부지런하셨고, 열정이 넘치시는 분이셨다. 그러는 사이에 나와 지수는 그런 선배를 무작정 동경하며 바라볼 수만은 없는 4학년, 졸업을 앞둔 학생들이 된 것이다.

새삼스럽게 시간이 정말 빠르게 지나가고 있다는 것을 느꼈다.

전시장 안으로 들어가자 시원한 바람이 온몸을 스쳤다. 우리가 올 시간에 맞춰 미리 나와 주신 덕에 들어가자마자 선배를 쉽게 찾을 수 있었다.

"동하 선배!"

우리를 발견하고는 손을 흔드는 동하 선배에게 나와 지수는 한걸음에 달려가며 와락 안겼다.

"야, 이게 얼마만이야! 다들 잘 지냈어?"

선배는 인사를 하시며 우리를 힘껏 안아 주셨다.

"저희야 잘 지냈죠! 선배는 갈수록 멋스러워져요."

"진짜!" 능글맞게 웃으며 이야기하는 지수에 다들 웃음을 터트렸다.

한참 우리가 그 자리에 서서 못다 한 이야기를 나누고 있을 때 선배 뒤쪽에서 누군가 선배를 부르며 다가왔다.

"작가님, 저 뒤에 관계자분이 부르셔요."

"응. 지금 갈게."

대학생처럼 보이는 한 남자가 선배한테 말을 걸자 선배는 잠시 이야기를 나누고 난 뒤 무언가 생각난 사람처럼 고개를 돌렸다.

"아, 맞다. 너희 얘 처음 보지? 오늘 전시회 준비를 부탁했더니 와 줬네. 간단히 소개하자면. 음……, 내가 눈여겨보고 있는 애랄까? 너희랑 동갑이라 친하게 지내면 좋을 것 같아서. 여하튼 나는 잠깐 가봐야겠다. 잠시만 기다려!"

선배의 말이 끝난 뒤 그 남자와 우리는 어색한 인사를 나눴다.

"안녕하세요. 저는 한성찬 입니다. 들으셨겠지만 23살이에요."

"아, 안녕하세요. 저는 이수정 입니다."

"안녕하세요. 저는 김지수요! 저도 23살!"

성찬은 미대생 같지는 않은 외모였다. 오히려 경영학과가 어울리는 얼굴이랄까. 옷도 깔끔한 셔츠에 바지, 깔끔한 헤어스타일이었다. 얼굴도 깔끔한 이목구비가 유난히 눈에 띄었다. 한마디로 말하자면 잘 생겼다. 얼굴이 빨개지는 느낌이 들어 급히 고개를 숙였다.

"아, 저는 가 봐야 할 것 같아서……. 다음에 다시 봬요."

진동이 울리는 휴대폰을 보고 말했다.

간단한 인사를 나눈 뒤 성찬이 자리를 뜨자 나와 지수만 남았다.

성찬이 자리를 뜬 이후에도 빨개진 것 같은 얼굴을 식히기 위해 손 부채질을 하였다.

지수는 그런 나를 쳐다보며 어딘가 흐뭇한 미소를 지으며 말했다.

"뭐냐, 너…… . 설마? 에이, 너 그런 거 아니지? 설마 막 한눈에 반 하고 그런… 뻔한 거 아니지?"

"아니, 아니. 그게 아니라…… . 응. 아니, 잘생겼는데? 잘생기지 않 았냐? 완전 내 스타일이야."

망설이다가 이내 인정하는 나를 보며 지수는 크게 웃었다.

"동하 선배한테는 모른 척해 준다. 내가!"

지수가 의기양양한 표정을 지으며 말했다.

갑자기 부끄러운 기분이 들어 고개를 돌려 작품을 감상하는 척했다. 지수는 그런 나를 보고 미소를 지으며 나의 뒤를 따라 본격적으로 선 배의 작품을 감상하기 시작했다.

선배의 작품을 한참 보고 있던 중 동하 선배가 돌아왔다. 분주한 선 배의 모습을 보며 적당히 돌아가야겠다 생각한 나와 지수는 슬슬 갈 준비를 했다.

"선배! 저희 이제 가 볼게요. 지금은 바쁘신 것 같기도 하고. 시간 되면 밥이나 한 번 먹어요. 아, 이왕이면 성찬이도 같이…… ."

지수는 말끝을 흐리며 장난스러운 미소를 잔뜩 머금은 채로 나를 쳐 다보았다. 나는 갑자기 얼굴이 확 달아오르는 기분이 들어 지수의 옆 구리를 쿡쿡 찔렀다.

"그래요. 선배. 작품 너무 잘 봤어요. 이제는 계속 서울에 계시는 거 맞죠?"

"응. 한 동안은. 그래. 아침부터 와 줘서 너무 고마워! 안 그래도 오늘이 특히 일이 많네……. 내일은 좀 여유로우니까 내일 점심 한 번 먹자! 연락할게, 얘들아! 어유, 귀여운 내 새끼들."

선배는 우리를 살갑게 안아 주시며 말했다.

지수는 전시회장을 나오며 앓는 소리를 냈다.

"아, 역시 동하 선배. 짱 멋있어. 완전 내 롤모델. 나도 졸업하면 이렇게 작품 활동하면서 살 수 있을까?"

지수의 말에 나는 생각에 잠겼다. 예체능으로 살아남는 건 정말 힘든 일이다. 대학을 졸업하고 난 뒤에는 다들 무슨 일을 하며 살아야 할지 고민하는, 이른바 현실 자각 타임을 가지는 게 하나의 관문이 되어 버린 지 오래다. 고등학교 때는 대학만을, 대학에 와서는 졸업만을 바라보며 살아온 미대생들은 졸업 후에는 갈피를 못 잡곤 했다. 디자인과 친구들은 취업하기 유리한 학생들이 많았지만, 나와 지수같이 순수 미술을 전공하는 사람들에게는 여간 힘든 일이 아니었다. 그림 그리는 게 좋다는 순수한 마음은 결국 현실에 져 버린 지 오래였다.

4학년 여름, 나와 지수도 이제는 미래에 대한 고민을 시작한 계절이었다. 어째 씁쓸한 기분이 든 채로 집에 도착하자 동하 선배의 문자가 와있었다.

📱 '내일 점심 12시에 만나서 먹자. 내 전시회장 근처에 유명한 파스타 집이 하나 있는데 주소 보내 줄게!'

지수도 선배에게 연락을 받았는지 내일 함께 가자는 연락이 와 있었다. 오늘 선배가 바빴던 탓에 못다 한 이야기들을 내일 꼭 하리라고 마음먹으며 잠에 들었다.

●

다음 날 동하 선배와 밥을 먹기 위해 선배의 전시회장 쪽으로 가는 길이었다. 버스정류장에서 지수를 기다리고 있는데 누군가 나를 빤히 쳐다보는 기분에 뒤를 돌아보니 어제 동하 선배의 전시회장에서 만난 성찬이 서 있었다.

"저기……. 어~ 제, 수정?"

상상하지도 못한 성찬이와의 만남에 당황하여 고개를 끄덕이기만 했다. 성찬이도 아직 반말도 트지 않은 나와의 갑작스러운 만남에 놀란 듯 보였다. "안녕하세요."라는 어색한 인사를 나눈 뒤 지옥 같은 침묵이 지속된 지 3분쯤 지났다. 슬슬 내 얼굴이 빨개진 것 같은 기분이 들어 걱정이 되어 갈 때쯤 헉헉대며 뛰어오는 지수의 거친 숨소리가 들렸다. 순간 드디어 살았다는 생각이 들었다. 평소 친화력이 좋은 지수가 이 침묵을 끝내줄 것이라 생각하며 최대한 반갑게 지수를 불렀다.

"지수! 빨리 와!"

"어어, 수정 하이! 미안. 좀 늦었네!"

한껏 미안한 표정을 지으며 뛰어오던 지수는 내 옆에서 일어나 인사를 하는 성찬을 보며 놀랐다.

"뭐야, 너네……. 이거 뭐야?"

지수는 나와 성찬을 번갈아 보며 혼란스러운 듯 말했다. 아마 속으로 내가 벌써 성찬과 친해져 사적으로 만나는 것으로 생각했던 것 같다.

"아, 저희도 우연이었어요. 제 작업실이 바로 이 근처라."

당황스러움에 손사래를 치는 나를 뒤로 하고 성찬이 차분하게 말했다. 그러고 보니 왜 여기 있냐는 말도 못 한 나도 이 근처에 작업실이 있다는 말에 흠칫 놀라며 이제야 알았다는 듯이 고개를 끄덕였다. 지수는 그런 나와 성찬을 보더니 쾌활하게 웃었다.

"으음. 그렇구나. 어디 가시는 길인가 봐요."

"아, 저 동하 선배가 부르셔서요. 점심 같이 먹자고."

성찬의 말에 나는 다시 한 번 놀랐다.

'아……. 당했다. 이동하…….'

역시 사회인이란 이런 건가. 가뜩이나 눈치가 빠른 동하 선배가 어제 나의 한껏 빨개진 얼굴을 보고 눈치를 못 챘을 리가 없었다. 분명 일부러 성찬을 불러 자리를 만든 것이 분명했다. 지수는 당했다는 듯이 고개를 숙이는 나를 보며 왜인지 흐뭇한 미소를 지었다.

"헐. 저희도 동하 선배가 점심 먹자고 불러서 가는 길인데? 동하 선배가 일부러 말 안 하셨나 봐요. 뭐, 잘됐네요. 같이 가요 이참에!"

선배가 성찬에게도 미리 이야기를 하지 않은 것인지 성찬도 지수의 말에 살짝 놀란 듯 보였다. 하지만 이내 사람 좋은 지수의 말을 듣고 웃으며 고개를 끄덕였다.

"아, 그리고 인간적으로 말은 트자 우리. 다 동갑인데."

지수의 말을 시작으로 나와 성찬까지 모두가 말을 편하게 놓았다.

곧 버스가 도착했고 나름 화목한 분위기 속에서 식당에 도착할 수 있었다. 식당에 도착하자 먼저 도착해 있던 선배가 우리를 보고 반갑게 손을 흔드셨다.

"선배!"

어제도 보았지만 여전히 지수는 선배가 반가운지 선배에게로 달려갔다. 나와 성찬이도 그런 지수를 뒤따라 선배가 앉아 있는 창가 좌석으로 발걸음을 옮겼다.

"뭐야. 내가 같이 부르기는 했지만 성찬이랑 같이 올 줄은 또 몰랐네."

선배는 미소를 머금고 정말 몰랐다는 듯 너스레를 떨며 자리에 앉는 우리를 보고 말하셨다.

"아, 선배. 미리 말해 주시지. 저희도 깜짝 놀랐어요. 버스 정류장에서 만나고."

왜인지 억울한 기분이 들어 선배에게 하소연을 했다.

"아이고 그랬어? 어제 소개시켜 준 김에 이제 같이 잘 지내보자고 불렀지. 미리 말 안 해 준 건… 내 나름의 서프라이즈?"

우리를 귀엽다는 듯이 쳐다보고 눈썹을 들썩이는 선배를 보니 이내 웃음이 새어 나왔다. 이내 분위기가 풀어지고 서서히 음식이 하나 둘 나오기 시작했다.

"아! 나 진짜 궁금한 거! 선배랑 성찬이 어디서 어떻게 처음 만나신 거에요?"

지수의 질문에 성찬이 고개를 돌려 동하 선배를 바라보았다.

"음……. 벌써 3년 전인가? 나 프랑스 유학 갔을 때 프랑스에서 처음 봤어. 그지?"

"와, 그게 3년 전이라니. 시간이 참 빠르기는 하네요."

나와 지수는 프랑스에서 만났다는 선배의 말에 더욱 놀라 입을 떡 벌리며 선배와 성찬을 번갈아 보며 쳐다봤다.

"아, 나는 잠깐 여행 간 거였어. 한 한달 정두? 전시회 끝나고 생각 정리도 하고 그림도 그리려고. 길에 예쁜 건물이 있어서 잠깐 그리고 있던 중에 선배를 만난 거고."

"응. 그렇지. 그땐 지금보다 더 앳되어 보였는데. 애기같이 생긴 애가 그림을 너무 잘 그리니까. 말을 안 걸 수가 없었지. 너희들은 잘 모르겠지만 얘, 생각보다 엄청 대단한 애야. 이미 해외에서 전시도 여러 번 하고. 사실 나보다 더 유명한 사람일 수도…?"

선배는 눈을 찡긋하며 말을 마무리 지었다. 성찬은 아니라며 손을 저었다. 선배의 말을 듣자 평범해 보이던 성찬이가 다른 사람처럼 보였다.

'생각보다 대단한 사람이었구나. 성찬이도.' 속으로 생각하며 고개를 끄덕이던 나와 눈이 마주친 지수는 놀란 토끼 눈을 하며 '너, 알았어?'라며 속삭였다. 나도 몰랐다고 작게 고개를 젓자 이내 성찬에게로 고개를 돌렸다.

"우와, 난 그런 앤지도 몰랐네. 너 완전 천재구나……. 야, 우리 친하게 지내자."

새삼스럽게 악수를 건네는 지수를 보며 우리는 웃음을 터트린 채 식사를 이어갔다.

식사를 마치고 식당 밖으로 나와 선배와 인사를 나눴다.

"이제 나 서울에 계속 있을 예정이니까, 다들 나 보고 싶으면 언제든지 연락하고! 잘 가 내 새끼들!"

나와 지수를 꼭 안아 주시는 동하 선배에게 인사를 하고 나와 지수, 성찬은 발걸음을 돌렸다.

식사 중 흘렸던 내 집과 성찬의 작업실이 가깝다는 이야기를 기억하는지 지수가 성찬의 작업실이 궁금하다고 했다. 성찬도 그런 지수의 부탁을 흔쾌히 수락하여 나와 지수는 성찬의 작업실에 들렀다.

직접 가보니 나의 집과 성찬의 작업실은 정말로 가까웠다. 평소에는 학교와 집만 왔다 갔다 하니 뒤쪽으로 와 볼 일이 잘 없었는데, 뒤쪽 출구로 나오면 20분도 걸리지 않는 거리였다.

성찬이 작업실의 문을 열고 불을 켜자 나와 지수는 동시에 탄성을 내뱉었다. 개인 작업실이라 하여 자연스럽게 작은 규모의 포근한 공간일 것이라고 생각했는데 큰 오해였다. 창고같이 넓은 규모에 오히려 휑해 보이는 흰색 배경과 바닥이 마치 전시품들이 다 빠진 전시회장의 한 관처럼 보였다. 그러면서도 여기저기 세워져 있는 캠퍼스와 바닥에 놓여있는 온갖 재료들이 눈을 끌었다. 그 가운데에 뜬금없이 우뚝 서있는 나무는 더욱 더 나와 지수의 호기심을 불러 일으켰다.

"와……. 엄청 넓구나……. 저기 나무는 뭐야?"

"아. 사실 몇 달 후에 전시회가 잡혔는데, 이번에는 나무 조각 위주로 준비를 해 보고 싶어서."

넋을 반쯤 놓고 묻는 나를 보고 성찬이 웃으며 이야기 했다.

"우와……. 내가 이런 작가님을 못 알아 봤다니. 너 진짜 대단하다!"

지수는 마치 동하 선배를 볼 때만큼 초롱초롱한 눈빛으로 성찬을 바라보았다. 성찬은 쑥스러운 듯 아니라며 고개를 저었다. 하지만 성찬

은 정말 대단한 사람인 것은 틀림없었다. 23살의 나이에 해외에서 전
시회를 열다니, 이건 동하 선배도 못했던 일이었다.

성찬의 작업실을 구경하고 이야기를 나눈 뒤, 성찬은 아직 작업실에
서 할 일이 남았다고 하여 작업실에 남고 나는 우리 집에서 자고 가겠
다는 지수와 함께 집으로 향했다.

집에 도착한 뒤 지수는 능숙하게 나의 잠옷들 중 하나를 골라 입고
화장을 지웠다.

"야. 왜 우리 주변에는 천재밖에 없는 거 같냐? 순수 미술로 성공하
기가 얼마나 어려운데!"

화장을 지우는 지수 옆에 앉아 클렌징 오일로 화장을 지우던 중 대
뜸 억울한 기분이 들어 말했다.

"다시 학교 가 봐. 아마 널리고 널린 게 우리 같은 사람일걸? 음~
두 사람이 좀 독특한 케이스인 게 아닐까?"

지수가 억울하다는 듯한 나의 말에 크게 웃으며 대답했다. 그것 역
시 맞는 말이기는 했다. 열 중 일곱은 나와 지수 같은 아이들이 대부
분이었다. 하지만 개중에 있는 몇 안 되는 성찬 같은 아이들을 보며
나는 쉽게 기가 죽었다. 졸업할 때가 되어가니 미래에 대한 불안과 초
조함이 더욱 크게 느껴지기도 했다. 조금 시무룩해진 상태로 화장을
다 지우고 화장실에서 나오자 지수는 벌써 화장을 다 지우고 팩을 붙
이며 침대에 앉았다. 웃으며 자신의 옆자리를 탕탕 치는 지수에 나도
옆에 앉아 팩을 붙였다.

"그나저나 수정! 너 성찬이랑 그렇게 가까운 데 살면서 한 번도 본
적이 없었어?"

"그러게. 나도 진짜 놀랐어. 완전 가까워서."

"너 진짜 맨날 얼굴 빨개지는 거 알아? 성찬이 이야기만 하면?"

"뭐??!!" 지수의 말에 소리를 지르며 핸드폰으로 얼굴을 확인했다.

"아이씨, 진작 말을 해 주지! 안 그래도 자꾸 빨개지는 거 같아서 신경 쓰였는데!"

공중에 헛손질을 하며 수치스러워 하는 나를 보며 지수는 팩이 떨어질 만큼 웃으며 뒹굴었다.

"그니까 동하 선배도 알지! 어휴, 이수정! 나 왜 이래, 정말!"

팩을 한 상태로 볼을 주물럭거려 너덜너덜해진 팩을 보며 결국 나도 웃음이 터졌다.

"동하 선배, 너 그러는 거 엄청 귀여워하셔. 계속 너랑 성찬이 만나게 하려고 하시고."

"아, 뭐야. 다들 왜 이래, 정말. 어휴 몰라 몰라."

"그래도 성찬이 진짜 멋있기는 하다. 나이도 우리랑 동갑인데 작품 활동도 엄청 열심히 하고. 뭐, 그만큼의 재능이 있는 거겠지만?"

"음, 그렇지……."

그렇게 우리는 한참을 침대 위에 누워 이야기를 나누었다.

●

돌아온 동하 선배를 뵙고 성찬이와 만난 지도 어느덧 한 달이 다 되었다. 그 사이 나와 지수는 개강을 했고, 성찬이와도 자주 마주쳐 이제는 단 둘이 만나도 어색하지 않은 상태가 되었을 정도다. 학교를 마치고 시간이 날 때면 자연스럽게 성찬의 작업실을 들르고는 했다.

성찬은 3주 밖에 남지 않은 전시회 준비로 바빴다. 최근에는 메인 작품이 될 나무 조각을 파는 작업을 계속 하고 있는 듯했다. 나와 지수도 이제는 정말 얼마 남지 않은 졸전을 준비하느라 학교에서 밤을 새우고 집으로 돌아가지 못 하는 일이 더 잦아졌다.

학교에서 밤을 새운 지 3일이 되는 날에서야 집에 들를 시간을 내어 늦게 집으로 돌아가고 있었다. 이제는 성찬의 작업실이 있는 뒤쪽을 통해 가는 길이 더 익숙해져 아무 생각 없이 작업실이 있는 곳을 지나가자 새벽인데도 불이 켜져 있었다. 인사도 하고 얼굴도 볼 겸 근처 카페에서 커피를 사들고 성찬의 작업실 문을 열었다.

작업실 문을 열자 성찬은 여전히 며칠 전부터 하던 나무 조각을 계속 하는 듯 보였다. 내 인기척을 듣지 못했는지 계속 조각을 하고 있는 성찬의 뒷모습을 바라보았다. 규모가 큰 작품이다 보니 꽤나 애를 쓰고 있는 모양이었다.

"한성찬!"

내가 이름을 부르자 성찬이 돌아봤다. 그제야 눈치를 챈 성찬이 조각도를 내려놓고 일어섰다.

"어, 미안, 수정아. 언제부터 있었어?"

"아냐 나도 방금 왔어. 아니, 늦은 시간인데 불이 켜져 있길래 잠깐 들렀지."

커피 캐리어를 근처 책상에 내려놓은 채 한참 파내고 있는 나무 앞에 나와 성찬이 나란히 섰다.

"음······."

나는 한참을 서서 작품을 바라보았다. 말을 선뜻 꺼내지 못하는 나를 보며 성찬이 웃으며 물었다.

"아……. 들켰나? 전이 더 나았지?"

"응……. 어떻게 알았어? 내가 그 생각하고 있는지."

"완전 실패했어. 목조는 한 번 잘못 된 걸 되돌릴 수가 없으니까."

나를 보며 묻는 성찬의 말에 고개를 끄덕였다. 차마 그 전이 나았다는 말을 꺼내지 못하고 망설이는 나를 보고 자신과 같은 생각을 하고 있음을 느끼고 말을 한 것 같았다.

"처음부터 다시 해야겠어. 아, 역시 목조는 어렵네. 그지?"

성찬은 속 시원하다는 표정을 지으며 내가 사온 커피를 들이켰다.

●

나에게도 지수에게도 정신없이 바쁜 한 달이 지나갈 때쯤 성찬이에게 연락이 왔다.

📱 '나 전시회 시작했어. 시간 나면 내일 보러 와 줄래?'

잠시 잊고 있던 성찬의 전시회가 벌써 시작했다는 연락에 놀라 지수에게 전화를 걸었다.

"엇, 수정! 무슨 일이야?"

"지수야. 성찬이 전시회 시작했대."

"아, 맞다. 안 그래도 나도 연락받았어. 내일 한 시에 만나자."

지수와의 통화를 끝내고 설레는 마음으로 잠이 들었다.

다음 날 전시회장에 도착하자 입구부터 꽤나 많은 사람들이 와 있었다. 지수와 나는 성찬의 영향력에 놀라며 전시회장 안으로 들어왔다.

"어! 얘들아!"

어딘가 익숙한 목소리에 쳐다보자 동하 선배가 우리를 반갑게 맞이했다.

"선배! 먼저 와 계셨네요."

"응. 성찬이는 저 안에 있을 거야. 지수는 잠깐 내 옆에 꼭 붙어있고. 수정아! 얼른 가 봐."

선배의 말에 잠깐 멈칫 하던 지수도 이내 선배의 의도를 깨닫고는 의미심장한 미소를 지었다.

"아! 그래 수정아. 나 선배랑 할 이야기가 있어서. 너 먼저 가 봐!"

지수와 선배는 미리 입을 맞춰 놓은 사람들 마냥 죽이 잘 맞았다. 또 얼굴이 빨개진 나를 보며 웃는 두 사람을 뒤로 하고 나는 성찬을 찾아 나섰다. 동하 선배가 가리켰던 쪽으로 걸어가자 사람들은 더 북적했다.

"수정아!"

먼저 나를 발견한 성찬이 나를 보고 손을 흔들었다. 소리를 듣고 그쪽을 쳐다보니 사람들에게 둘러싸여 인사를 나누고 있는 성찬이 보였다. 미소를 지으며 성찬이 있는 쪽으로 가자 성찬이 반갑게 나를 맞이했다.

"바쁠 텐데 와 줘서 고마워."

"아냐. 아, 저기 지수랑 동하 선배도 오셨어."

인사를 나누며 고개를 돌리자 전시회의 메인인 목조물이 보였다. 나는 반가움에 목조물이 있는 쪽으로 다가가 그 앞에 섰다.

"어, 이거……. 그대로네."

나는 몇 주 전 성찬의 작업실을 들렀을 때와 변함없는 목조물을 보고 당황하며 물었다.

"응. 결국 그대로 가져왔어. 다시 만들고 싶었는데. 주최 측에서 예술도 예술이지만 비즈니스가 먼저래. 이거 봐. 벌써 팔린 거."

성찬이 작품 밑에 조그맣게 붙은 가격표를 가리켰다.

"유감이지만 작품이기 전에 상품이래. 맞는 말이야. 어린애가 하는 장난이 아니고 이제는 일이니까. 당장 먹고 사는 게 더 중요하다 이거지. 다들."

나는 그런 성찬의 말에 머리를 한 대 맞은 것 같았다. 속으로 누구보다 멋진 사람이라고 여겼던 성찬의 입에서 너무나 당연하다는 듯이 그 말이 나왔다. 점점 본질은 흐려지고 현실과 돈만 남아버린 미술계의 한 줄기 빛이라 여겼던 성찬도 결국 현실에 굴복한 듯 보였다. 누구보다 진심으로 그림 그리는 것을 즐기는 것처럼 보였던 성찬이 예술이기 전에 상품이라는 말에 수긍하는 것을 보니 무언가 쌓아 올린 것들이 모두 무너지는 기분이 들었다. 울렁이는 마음에 더 이상 전시회에 있을 수 없을 것만 같은 기분이 들어 그 자리를 뛰쳐나왔다. 그런 나를 뒤에서 지켜보고 있던 지수는 당황하며 뒤따라 나왔다.

"수정아 뭐야. 뭔 일인데 그래."

"아냐. 아무 일도. 미안 지수야. 나 먼저 갈게. 동하 선배한테 나 먼저 간다고 대신 전해주라."

 미술해서 뭐 할 거냐는 말. 정말 셀 수도 없이 많이 들어왔다. 디자인과도 아닌 순수 미술을 전공하겠다고 했을 때 가족 모두가 화가라도 될 거냐며 나를 억지로 뜯어말렸었다. 그럼에도 내가 진심으로 좋아하는 일을 하기 위해 내가 스스로 내린 결정이었다. 대학에 입학하고 나서도 예술인으로 나를 포장해 현실을 애써 외면하고 자기 합리화 중인 것 아니냐는 주변인들의 모진 말에 동하 선배나 성찬 같은 꿋꿋하게 작품 활동을 이어 나가는 사람들을 보며 힘을 얻고는 했다. 그랬던 나에게 너무나도 쉽게 작품을 모욕하는 말에 수긍하는 성찬의 모습은 내가 여태까지 봐 오고 존경해 왔던 사람이 아닌 것 같아 비참하게 느껴졌다. 누구보다 인정받고 있는 사람이 이렇게 말하는데, 나 같은 사람은 어떻게 살아왔는지, 또 살아가야 할지 눈앞이 깜깜해지는 기분이었다.

 결국 돌아온 곳은 학교였다. 과실에 들어와서 내가 졸전에 제출하기 위해 그리고 있던 것을 바라보았다. 마음을 가라앉히기 위해 자리에 앉아 붓을 들었지만 손을 댈 수 없었다. 이제는 내가 그림 그리는 것을 좋아하는 건지 조차도 헷갈렸다. 졸업은 다가오는데 내가 이룬 것은 하나도 없다는 것이 더 크게 다가왔다. 이제 정말 미술이라는 끈을 놓고 다른 길을 찾아야 하나 혼란스러웠다.

 다음 날 학교에 나가지 않았다. 지수의 전화와 동하 선배의 전화가 끊기지 않고 반복해서 왔다. 지수에게는 대충 몸이 아파 학교에 못 갈 것 같다고 둘러대고 동하 선배의 전화는 차마 받을 수가 없었다. 한결

같이 나의 그림을 사랑해주시던 동하 선배에게 이런 나의 모습을 보이는 게 한심하게 느껴졌다.

●

한동안 집 밖으로 잘 나가지 않았다. 그냥 집에서 아무 생각 없이 누워 휴대폰을 하고 있으면 어느새 하루가 지나갔다. 아무것도 안 하며 지내는 하루하루가 더 익숙해질 때쯤 지수의 전화가 왔다.

"이수정. 학교 언제와! 너 진짜 우리가 얼마나 걱정하고 있는지 알긴 해?"

이렇게 혼날까 봐 전화를 받지 않으려 했던건데. 아니나 다를까 우선 화부터 내는 지수였다.

"지수야, 좀 진정해……. 그냥 잠깐의 휴식 중이랄까?"

"아니, 그러니까 휴식 좋은데 학교는 왜 안 나오고 동하 선배 전화는 왜 피하는 건데! 지금 당장 나와. 나, 너네 집 앞이야. 얼른 나와. 나 정말 장난 아니야."

평소와 달리 꽤나 진지한 지수의 말투에 드디어 올게 왔구나 싶었다. 정말 오랜만에 몸을 일으켜 옷을 대충 입은 채 문 밖을 나섰다. 벌써 조금 쌀쌀한 기운이 도는 듯했다. 현관을 나왔는데도 지수는 보이지 않았다.

'뭐야……. 집 앞이라면서.' 지수에게 전화를 걸며 벤치 쪽으로 걸어가자 익숙한 뒷모습이 보였다.

"어……."

서로 아무 말을 하지 못한 채 침묵이 이어졌다. 먼저 말을 꺼낸 건 성찬이었다.

"수정아. 잠깐만."

그 말과 함께 성찬은 나의 손목을 잡고 달리기 시작했다.

도착한 곳은 성찬의 작업실 뒤쪽 야외 창고였다. 나는 정신없이 달린 탓에 그저 분주해 보이는 성찬을 바라보며 숨을 고르고 있었다.

성찬의 안쪽으로 들어오라는 손짓에 따라 들어가니 전시회에서 보았던 나무 목조가 있었다. 성찬이 라이터를 갖다 대자 나무에 불이 활활 붙기 시작했다.

나는 너무 당황스러워 어떠한 말도 하지 못하고 그저 내 앞에서 활활 타고 있는 것을 그저 바라만 보고 있었다.

"자기 작품 태우면, 이런 기분이야."

"어떤?"

"돈다발 태우는 기분?"

성찬은 장난스럽게 웃으며 대답했다. 나는 여전히 그저 타는 나무를 바라보고만 있었다. 잠깐의 침묵 뒤 성찬은 말을 이었다.

"안심해. 지금 여기서 태우고 있는 건 돈이야. 돈다발. 이건 작품이 아니야. 어느 시점부터 작품이 아니게 되어 버렸어."

"……."

"지수한테 들었어. 너 많이 힘들어 한다고. 말해 놨으니까 가 보라고 하더라. 이런 나라도 너한테 도움이 되면 좋겠는데. 도움이 안 되려나?"

나는 고개를 저으며 나를 보고 묻는 성찬의 얼굴을 올려다보았다.

우리는 한참을 서서 타오르는 불길을 바라보았다. 나도 모르는 사이에 눈물이 흐르고 있었다. 무언가 마음을 꽉 막고 있었던 답답한 것이 타서 재가 되어 날아가는 나무와 함께 사라지고 있는 기분이 들었다. 성찬은 말없이 울고 있는 나를 토닥여 주었다.

나와 성찬이는 자리를 옮겨 집 앞 벤치에 앉았다. 성찬은 잠시 기다리라 하고 어디론가 뛰어가더니, 양손에 커피를 들고 돌아왔다.

"자."

"고마워."

아직 가시지 않은 울음의 여운에 훌쩍이며 답했다.

"미안해."

내가 고개를 돌려 성찬을 바라보자 눈을 맞추던 성찬이 고개를 돌려 바닥을 쳐다보았다.

"솔직히 네가 그런 반응을 할 거라고는 생각 못 했어. 우스갯소리로 한 말, 그쯤으로 넘어갈 거라 쉽게 생각했어. 다 내 잘못이야. 가벼운 마음으로도 그런 말을 쉽게 하면 안 됐어, 그지?"

망설이며 이야기하는 성찬의 옆모습을 바라보다가 나도 고개를 돌려 앞을 바라보았다.

"아니야. 그 말 때문에 그런 거. 사실은 나, 무서웠던 거야. 겁먹은 거고."

성찬은 내 대답에 흠칫하며 나를 바라보았다.

"난 너나 동하 선배만큼 재능도 없는것 같고. 사실 이제는 그림 그리는 걸 좋아하는지도 모르겠고. 해야 하니까 그리고는 있는데, 그게 예전 같지 않고. 그래도 자존심은 있다고 그림 그려서 뭐 해 먹고 살

거냐는 가족 다 무시하고, 내 고집 하나로 미대까지 온 거였는데. 사실 가족들 말이 맞았던 걸 이제는 너무 알 것 같아서. 반박할 자격도 없는 것 같아서. 나보다 훨씬 재능 있는 너도 그런 걱정을 하는데, 나는 걱정할 가치도 없는 사람 같아서. 그래서 겁먹은 거야."

성찬은 아무 말없이 커피를 쥐고 있는 나의 손을 잡았다. 그런 성찬을 고개를 돌려 마주보았다.

"근데, 이제 다 괜찮아졌어. 그냥, 내가 하고 싶은 대로, 막! 그냥 막 살거야. 아무도 못 말려! 하고 싶은 대로 다 하면서, 막무가내로 살 거야. 그게 예술이지. 그지?"

성찬과 나는 눈을 마주치며 웃었다.

●

"수정 쌤! 이거 마무리 어떻게 할까요?"

"어, 민지야. 잠깐만. 지수 쌤! 민지 그림 마무리 좀 봐줘요! 나 지금 효정이 봐주느라."

"넵!"

정시 특강이 시작된 12월의 미술학원은 항상 분주했다. 이맘때쯤 아이들은 비장함, 긴장, 떨림이 뒤섞인 표정이었다. 11시를 훌쩍 넘긴 시간에도 바쁘게 저마다의 그림을 그리는 아이들로 가득 차 있었다. 새벽 1시가 다 되어서야 학원 선생님 중 막내인 나와 지수가 마지막으로 문을 잠그고 건물 밖으로 나올 수 있었다.

"아, 춥다!"

"난 배고파 죽겠어. 우리 점심 먹고는 아무것도 안 먹었어. 완전 다이어트 효과."

살이 빠졌다며 엄지를 세우고 웃는 지수를 보니 힘이 나는 기분이 들었다.

"수정아!"

나를 부르는 소리에 앞을 바라보니 멀리서 팔을 흔들며 나를 부르는 성찬이 보였다.

"21세기 사랑꾼 나타났다. 매일 데리러 오고. 이런 게 사랑의 맛이니? 너희 사이에서 나…… 너무 외롭다."

"오버한다. 또. 너도 매일 같이 데려다 주는데 뭘."

"와, 정말. 너의 그 표정. 그 흐뭇한 미소가 날 더 외롭게 하는 거 아니?"

괜히 우는 척을 하며 장난을 치는 지수를 보고 웃으며 성찬에게 서둘러 갔다.

"아이고. 두 분 다 고생 많으셨습니다. 1시까지 일하시고. 배고프지?"

"응." "완전."

"그럴 줄 알고 내가 음식 시켜 놨지! 작업실로 시켜 놨어. 같이 먹고 가자. 그래도 연말인데, 이정도 파티는 해 줘야지?"

성찬의 말에 지수의 눈이 반짝였다. 진심으로 기대하는 표정을 하는 지수를 보며 다 같이 웃음을 터뜨렸다.

성찬의 작업실에 도착해 불을 켜자 전과는 다르게 깔끔하게 정돈된 작업실의 모습이 보였다.

"매번 올 때마다 어질러져 있더니. 웬일로 깔끔하데?"

"이제 준비하던 전시회 다 끝나서. 한동안은 작업실 비우고 쉴 거래."

앉을 공간을 만드느라 의자를 옮기며 분주한 성찬을 대신해서 내가 말했다.

"오. 그래? 언제까지?"

"글쎄, 몇 년간 계속 바빴으니까 전시회 활동은 한 2년은 쉴 생각이래."

"와, 역시. 다르긴 다르다. 프로페셔널한 느낌."

발음을 굴리며 이야기하는 지수를 보고 웃으며 고개를 끄덕였다. 자리를 다 정리한 후 책상에 앉아 함께 이야기를 나누고 있던 도중 누군가 문을 두드리는 소리가 들렸다.

"벌써 배달 왔나? 내가 나가 볼게!"

나는 자리에서 일어나 얼른 문을 열었다.

"얘들아!"

"선배?"

문을 열자 배달원이 아닌 동하 선배가 서 있었다. 너무 놀라 그 자리에 굳은 나의 볼을 동하 선배가 감싸며 인사했다.

"우리 포동포동 아기같던 수정이 볼이 다 어디로 간 거야! 얼른 들어가자. 춥다!"

나의 손을 잡아 안으로 이끄는 동하 선배에 정신을 차리고 작업실 문을 닫았다.

"뭐야! 선배? 설마 동하 선배?"

뒤늦게 상황을 파악한 지수가 자리를 뛰쳐나와 선배에게 달려왔다.

"지수야! 아이고 지수도 왜 이렇게 살이 많이 빠졌어!"

선배와 부둥켜안고 인사를 나누는 지수를 뒤로 하고 알고 있었냐는 눈빛으로 성찬을 바라보자 은은한 미소를 띄었다.

"서프라이즈! 다들 예상 못 했지? 내가 일부러 성찬이한테 말하지 말라고 했어. 내가 이런 거 또 좋아하잖아."

"와, 선배. 그래도 이렇게 연락 한번 없이! 너무해요!"

말은 그렇게 하면서도 동하 선배를 꼭 안는 지수를 보며 다 함께 웃었다. 곧이어 도착한 음식에 다들 자리에 앉아 늦은 연말 파티를 시작했다.

"너희가 벌써 27살이라고? 와, 말도 안 돼. 시간 진짜 빠르다. 그럼 미술학원에서 둘이 일한 지도 벌써 5년이 다 돼 가는구나."

"그렇죠. 지수랑 저 졸업하고 거의 바로 시작했으니까."

지수가 고개를 끄덕이며 이야기했다.

"그지. 와, 오래 하긴 했다. 처음엔 알바처럼 잠깐 하고 말 일이라고 생각했는데. 저희도 이렇게 오래 할 줄은 생각도 못했어요."

지수의 말을 들으며 나도 고개를 끄덕였다.

●

대학 졸업을 막 한 나와 지수는 곧바로 입시미술학원의 선생님으로 일을 시작했다. 처음에는 가벼운 마음으로 시작한 일이었지만, 아이들에게 그림을 가르쳐 주면서 오는 뿌듯함과, 기대에 가득 찬 표정으로 그림을 그리는 아이들의 표정을 보며 오히려 동기 부여를 얻고는 했다. 그 덕분에 성찬과 동하 선배처럼, 꾸준히 규모가 큰 전시회를 열 만큼은 아니었지만 간간히 작은 개인 전시회를 열며 나의 작품도 만들어 갈 수 있었다.

지수도 나와 같은 마음인지, 잠깐 동안만 하겠다는 말과는 다르게 몇 년간 이 일을 해 오고 있었다. 우리는 대학 입시를 준비하는 아이들에게서 우리의 예전 모습을 보고는 했다.

동하 선배는 계속해서 서울과 유럽을 오가며 작품 활동을 이어나갔다. 얼마 전에는 처음으로 미국에서 전시회를 성공리에 마쳤다.

성찬도 동하 선배와 같이 작품 활동을 이어갔다. 내가 보러간 전시회만 10번도 넘을 정도로 왕성한 활동을 이어갔고, 한국을 넘어 세계가 눈여겨 보는 화가로서 성장하고 있었다.

나와 지수, 동하 선배. 그리고 성찬 모두 그저 그림 그리는 걸 좋아했던 아이에서 저마다 각자의 목표를 향해 다가가는 어른이 되어가고 있다.

누가 어떤 시련 앞에서 좌절했는지, 또 그것을 어떻게 극복했는지 그 과정은 정확하게 알 수 없다. 하지만 그 과정 속에서 우리는 더욱 단단하게 성장하고 있었다.

SUNSET

– 최 지 민

편지를 썼다.

밴드 여러분께

안녕하세요. 이번 토요일에 홍대를 지나가다가 들리는 소리를 듣고 잠깐 그 자리에서 넋을 놓고 보았습니다. 멈추지 않을 수 없었어요. 아니, 어떻게 저렇게 자기주장이 강할 수가 있을까요? 밴드라면 자고로 다 같이 모여 아름다운 소리를 만들어 내는 것일 텐데 기타는 기타대로 베이스는 베이스대로 박자조차 맞지 않는 최악의 소음이었어요. 나이 먹으실 대로 먹으신 분들이 아직 같잖은 꿈 버리지도 못하고 매달리는 게 안쓰러울 지경이에요. 재능이 없으면 포기하고 생계를 유지할 다른 방법을 찾으셔야죠. 어떻게 제대로 하시는 분이 한 분도 없으실 수가 있죠? 보컬이라고 부르기도 아까워요! 그냥 소리 질러도 그거보다는 나을 것 같아요. 드럼은 또 어떻고요? 장난감에서 나는 소리보다도 못 했어요. 이 정도로 개성 있고 다양하게 못하는 밴드는 난생처음이에요. 밴드를 사랑하는 사람으로서 말합니다. 제발 그만둬 주세요. 사회를 위해서 버스킹이랍시고 공공장소에서 소음 공해 그만하시고 제발 다른 분야를 찾아서 떠나 주세요. 간곡히 부탁드립니다.

주윤은 발송 버튼을 눌렀다. 메시지 옆의 반짝이는 원이 빙글빙글 돌아가면서 이내 체크 모양으로 바뀌었다. 처음 보는 사람들에게 무의미한 화풀이를 쏟아 낸 주윤은 그 자리에서 쓰러져 누워 멍하니 허공을 바라봤다. 위로 들춰진 속눈썹이 아래로 내려앉으며 눈앞이 깜깜해졌다. 보내지 말 걸……. 소용없는 죄책감과 뒤늦은 후회가 밀려왔다.

●

여름이 지나갔다는 걸 알리는 선선한 바람이 부는 날이었다. 물감으로 찍어 바른 듯한 청명한 파란 하늘에 이질적으로 보이는 깨끗한 구름이 균형을 이루며 맴돌고 있었다. 쌀쌀하게 느껴지는 날씨에 주윤은 얇은 카디건을 걸친 채로 밖을 나섰다. 주윤은 현역으로 대학을 합격해서 지금까지 휴학 한 번 한 적 없는 대학교 4학년이었다. 사회에서 한 사람 분을 하기 위해서는 1초도 허비할 수 없어 강의가 없는 날임에도 학교로 향했다. 이른 시간에도 아침 수업을 듣는 학생들 때문에 캠퍼스는 활기가 돌았다. 등록금을 강의가 아닌 학교 시설로 채우는 것 같은 느낌에 매우 불만족스러운 주윤은 운 좋게 발견한 구석자리에 노트북과 전공 서적이 든 무거운 가방을 조심히 내려놓았다. 짐을 꺼내 책상을 정리하고는 의자에 앉아 숨을 돌렸다. 창문을 통해 불어오는 시원한 바람에 고개를 돌려 밖을 바라봤다. 높이 트여 있는 하늘에도 불구하고 한 치 앞도 안 보이는 캄캄한 방에 갇힌 느낌만 들 뿐이었다.

몇 시간이 지났는지 높이 떠 있던 해는 이미 주윤과 눈높이를 맞출 만큼 내려와 있었다. 창을 뚫고 들어오는 햇빛의 따스함에 주윤은 잠시 펜을 내려놓고 가방 속에서 손바닥만한 노트를 꺼냈다. 주윤의 인생을 단어로만 표현하라 한다면, 첫째가 술, 둘째가 무대라 할 수 있을 것이다. 주윤은 그 정도로 무대에 대한 열의가 강했다. 무대에 서는 것이 아닌 무대 위에 배우들에게 역할을 주는 의상. 그 의상을 만들어내는 것에 욕심이 있었다. 하지만 미래가 불안하다는 이유로 반대하는 부모님에 의해 주윤은 이 꿈을 포기할 수밖에 없었다. 그때 휴대폰이 주윤의 상념을 깨며 진동을 울렸다. 별로 반갑지 않은 알림이었다. 마치 주변에서 감시라도 하고 있는 듯 의상을 그리려 할 때에 엄마의 메시지가 올게 뭔지. 주윤은 미간을 찌푸리며 휴대폰을 엎어버리고는 밖으로 시선을 돌렸다.

📱 '*주윤아 전화도 안 받고 어디서 뭐 하고 있는 거냐. 보면 연락해라.*'

익숙한 말투에 옆에서 말하는 듯 귀에서 엄마의 목소리가 맴도는 것 같았다. 휴대폰을 *끄고*는 주머니에 넣었다. 이번엔 또 어떤 대답을 원할까. 주윤은 비뚜름하게 입꼬리를 올리며 턱을 괬다. 불어오는 바람에 한 가닥으로 가지런히 묶였던 머리가 흩날렸다. 바닥으로 곤두박질치는 기분을 달래려 주윤은 가방에 짐을 쿡 쑤셔 넣었다. 술이 너무 땡겼다.

어른의 특권 중 하나는 술을 먹을 수 있다는 게 아닐까. 처음 먹을 때는 이 맛대가리 없는 걸 왜 먹나 싶었지만 이제는 없으면 못 사는 존재가 되어버렸다. 주윤은 익숙하게 구석자리에 앉은 뒤 바로 소주 두 병과 우동 한 그릇을 시켰다. 방금 냉장고에서 갓 나와 표면에 물방울이 맺혀 있는 초록색 병과 새끼손가락만 한 작은 잔이 테이블로 나왔다. 우동을 기다릴 틈도 없이 능숙하게 뒤집어 쉬고는 뚜껑을 열어 잔에 흘러넘치지 않을 만큼 따랐다. 한 잔이 두 잔이 되고 두 잔이 한 병이 되고 어느새 두 병을 다 비워갈 때쯤 밖에서 작은 박수와 환호가 들려왔다. 주윤은 계산을 마치고 터덜터덜 걸어 나왔다.

아직 해가 짧아지진 않았는지 하늘이 연한 푸른빛을 유지하고 있었다. 드문드문 끊길 듯 끊이지 않는 박수 소리에 어렴풋이 음악은 주윤의 신경을 묘하게 곤두세웠다. 노래를 따라가 보니 4인조 밴드가 길거리에서 버스킹을 하고 있었다. 노래가 끝나고 잠깐 정비를 하고 있는 모양이었다. 밴드의 모양새가 고등학생 시절의 향수를 불러 일으켰다. 악기를 테스트하면 가볍게 대화하는 밴드부 애들, 그 아래 난잡하게 얽힌 전선들, 한 곳만을 집중하여 비추는 스포트라이트, 그 무대 위의 사람들을 바라보는 학생들까지 공부에만 열중했던 시기 주윤이 학교에서 즐길 수 있었던 몇 없는 구경거리였다. 그리움을 자극하는 풍경에 주윤은 열 명도 채 안 되어 보이는 무리에 어정쩡하게 다가갔다.

노래의 시작을 알리는 드럼 소리가 네 번 울리고는 보컬과 사이의 빈 부분을 채우는 듯 기교를 부리는 기타 소리가 이어졌다. 네 명은 자신과 또래로 보였다. 자신이 하고 싶은 걸 한다는 것 자체로 만족한다는 눈을 빛내며 의욕이 가득해 보이는 게 청춘 그 자체였다. 늙은이 같은 생각을 하던 주윤은 고개를 돌려 주변을 훑었다. 지나가듯 봐도 수가 세어지던 관객들은 두 배가량 늘어나 있었다. 하이라이트를 향해 가는 노랫소리에 모두가 기분이 고조되어 보였다. 주윤은 그 흐름에 따라갈 수 없었다. 주윤은 꼬리에 꼬리를 물어 이어져가는 추억에 한 사람이 생각났다. 자신의 꿈을 좇으며 빛나던 애. 무대 위의 빛을 뒤로 한 채 열중하는 모습을 보며 느꼈던 그 때의 감정이 되살아났다. 포기해야 했던 꿈과 자신의 처지를 저 사람들과 비교하며 어둠 속으로 떨어지는 느낌. 무리에 서 있었지만 철저히 분리 당했다. 색이 가득한 세상에 자신만 회색 빛깔로 칠해진 듯했고, 벌레가 내장 속을 헤집고 다니는 기분에 목이 턱턱 막혀 왔다.

좀 전보다 커진 환호와 박수 소리가 들려왔다. 노래가 끝난 것을 알리며 밴드는 허리를 구부리며 인사하고 있었다. 뒤에 있는 가로등 때문에 후광처럼 등 뒤에서 빛이 나는 것처럼 보였다. 마셨던 술에 의한 것인지, 무엇인지 가늠이 되지 않는 구역질이 목 안쪽으로부터 나왔다. 주윤은 재빨리 발을 돌려 집으로 향했다. 술기운은 날아간지 오래였다.

●

밝은 햇빛이 투명한 창을 뚫고 주윤의 얼굴에 안착했다. 주윤은 갑작스러운 빛에 미간을 찌푸리며 눈을 깜빡였다. 머리가 아프고 등허리가 쑤셨다. 푹신한 이불을 두고 장판 바닥 위에서 잠들어 버렸던 주윤은 찌뿌둥한 느낌에 접영을 하듯이 이리저리 팔을 뻗었다. 마구잡이로 뻗쳐드는 팔에 구겨진 종이들이 튕겨져 나가다 딱딱한 물체와 마주쳤고, 주윤은 휴대폰 집을 수 있었다. 하얀 고양이 한 마리가 몸을 둥글게 말고 화면 한편을 차지하고 있는 화면이 눈앞으로 다가왔다. 현재 시각이 보이는 숫자 아래로 메시지 모양의 아이콘이 떠 있었다. 엄마가 보낸 것이라 생각한 주윤은 변명거리를 생각하며 잠금을 해제했다. 예상과는 약간 다르게 엄마의 메시지와 함께 또 다른 메시지가 도착해 있었다. 이름이 낯선 사람으로부터 온 SNS 메시지였다. 아직 엄마에게 할 말을 생각하지 못한 주윤은 낯선 사람의 것을 먼저 확인하기 위해 손가락을 옮겼다. 하얀 대화창이 고양이가 위치해 있는 배경 화면을 부드럽게 밀어내며 나타났다.

채팅창의 내용을 살펴본 주윤은 얼굴에 열이 오르는 게 느껴졌다. 만약 지금 거울을 본다면 토마토 하나가 목 위에 존재하리라는 생각이 들었다. 대체 무슨 정신머리로 저런 비난만 가득 담긴 편지를 써서 보냈는지 머리를 쥐어뜯고 싶었지만 가만히 있어도 두통이 밀려와 그만뒀다. 주윤은 눈을 감고 미동도 없이 머물렀다. 이내 진정한 듯 타자 판에 손을 올렸다. '잘못을 했으면 사과를 해야 한다.'라는 초등학교만 나와도 배울 수 있는 예의범절을 다시 생각한 주윤은 '죄송합니다.'로 시작하는 메시지를 써 내렸다. 위의 비난 메시지와는 턱없이 빈약한 분량이지만, 주윤은 이 대화창에서 더 이상 머무르고 싶지 않았다. 휴대폰 아래 위치한 뒤로 가기 버튼을 누르려는 순간 상대가 새 메시지를 보내왔다. 상대는 자신에게 욕한 상대와 대화를 하고 싶은가 보다.

'혹시 나 기억해?'

주윤은 당황스러웠다. 죄송하다 사과한 것에 대한 답이 나 기억 안

냐냐는 의문형이라니. 심지어 어디선가 어미를 자르고 왔는지 반말이
되어 있었다. 이상한 사람에게 잘못 걸린 게 아닌가 싶었지만 주윤은
내가 지금 기억하는 것이 어딘가 끊긴 기억은 아닐지 자신의 뇌를 의
심하며 궁금함을 담아 휴대폰을 두드렸다.

📱 '누구신데요…?'

어제는 술을 먹고 알딸딸한 상태였기에 버스킹을 했던 밴드의 모습
도 노래도 어렴풋하게 기억날 뿐이었다. 그러니 메시지를 보내는 상
대가 그 네 명 중 누구이거니와 이목구비가 어떻게 생겼는지 주윤은
알 수가 없었다. 밴드의 공식 홍보 계정인 만큼 얼굴이 나온 하나쯤은
사진이 있지 않을까 싶어 인스타그램의 게시 글을 살펴보았다. 화면
을 밀어 올리던 중 본 적 있는 얼굴이 보였다. 확대해서 살펴보니 주
윤은 아는 사람이 맞다고 확신했다. 때마침 새 메시지가 왔다.

📱 '우리 고등학교 같이 나왔는데'
📱 '아… 기억났어.… 신해경 맞지?'
📱 '버스킹 하는구나. 너 밴드 하는 게 꿈이었잖아.'
📱 '잘 지내?'

화면을 계속 들여다볼 자신이 없어 옆에 고이 내버려 뒀다. 역시 신
해경이 맞았다. 주윤은 반가움보다는 민망함이 앞섰다. 고등학교 동
창을 어쩌다 보니 만나게 되었는데, 몇 년 만에 보냈던 메시지가 저딴

편지라고 생각하니 부끄러워서 더 이상 메시지를 보낼 수 없었다. 주윤은 바닥에 엎드려 굴러다니며 장판을 팡팡 쳤다. 휴대폰의 빛나는 화면을 흘끔 쳐다보니 해경은 여전히 메시지를 보내왔다. 주윤은 모르는 척 메시지 알림을 없애 버렸다. 다시 머리가 아파 오는 느낌에도 주윤은 침대의 푹신해 보이는 모습을 머리에서 지운 채 화장실로 들어갔다. 여유 부릴 시간이 없었다. 조별 과제 회의에 늦지 않게 가야 했다.

숙취에 아침 댓바람부터 나오려 일찍 일어나서 그런지 주윤의 눈가에는 시커먼 다크 서클이 자리 잡고 있었고 눈은 퉁퉁 부어 있었다. 사람이라기보다는 한 마리의 붕어 같았다. 그런 주윤의 기분을 알기는 아는지 부드러운 가을바람이 살랑살랑 얼굴을 간지럽혔다. 대학교 4학년이 조별 과제가 웬 말인가. 하루도 빠짐없이 대학을 비난하던 주윤은 속이 메슥거리는 느낌에 얼굴이 찌푸리며 가방 속 텀블러를 꺼내 들어 물을 벌컥벌컥 마셨다.

약속 장소에 들어서니 조원으로 보이는 사람들이 이미 앉아 있었다. 주윤은 피곤한 얼굴을 숨기기 위해 지을 수 있는 최대한 밝은 웃음을 지으며 테이블로 다가갔다. 편성된 조에 주윤과 마찬가지로 불쌍한 4학년이 하나 더 끼어 있어 아슬아슬하게 조장을 피할 수 있었다. 귀찮은 일을 안 떠맡은 주윤은 그 4학년에게 마음속 무언의 응원 메시지를 남기고 편하게 회의에 임했다. 조원들 모두 제정신이 박혀 있는지 이상한 인간은 다행히 없었다. 그 덕에 모두 할 일을 나누고 다음 회의 약속을 잡는 등 모든 게 일사천리로 끝났고 주윤은 예상했던 시간보다 더 빨리 도서관으로 향할 수 있었다. 하지만 그 발길은 도서관

문을 열기 전에 멈춰 버렸다.

'띠링'

휴대폰의 알림이 주윤의 발목을 잡았다. 도서관을 들어가기 전 알림을 끄는 걸 깜빡해서 놀라며 휴대폰을 켜니 눈에 메시지 하나가 들어왔다. 아빠였다. 평소에는 연락도 잘 안 하던 사람이 웬일인가 싶었다.

📱 '아빠 : 엄마 아파서 入院했다. OO 병원 3층 ▢▢▢호실로 와라.'

엄마가 아프다는 소식에도 주윤은 헐레벌떡 달려 나가지도, 곧바로 전화를 걸어 보지도 않았다. 그냥 조용히 아무 일도 없었던 듯 왔던 길을 따라 다시 정문으로 향했다. 이런 문자에도 눈가가 메마른 주윤은 자신이 이상하다 생각이 들었다. 괜찮을까 싶을 정도로 아무 감정도 없었다. 엄마가, 자신을 키워준 부모 중 한 사람이 아픈데도. 다른 사람이었다면 달려 나갔을까. 걱정이 되어 울음을 터뜨렸을까. 이게 정상적인 반응이겠지. 주윤은 키패드에 손가락을 올렸다.

📱 '갈게.'

'지금이라도 뛰어가야 할까?' 라는 물음이 주윤의 머릿속에서 수만 번 생성되고 지워지던 찰나에 콧잔등에 물방울이 떨어졌다. 어느새 바깥이 보이는 1층에 도착한 주윤은 주변을 둘러봤다. 비가 오고 있었다. 아침에 나올 적에는 놀랄 정도로 높고 파랬던 하늘은 우중충한

구름으로 뒤덮여 있었다. 비를 맞으며 뛰어가기는 싫었다. 서두를 필요를 못 느꼈다는 것이 더 정확했다. 주윤은 편의점에 가서 우산을 살지, 택시를 부를지 고민하며 문 앞을 맴돌았다. 이럴 시간이 아닌 걸 알지만 서도 이상한 반항심이 들었다. 스물세 살 처먹고 이따위 행동이나 하는 자신이 싫었다.

엄마가 입원한 병원에 도착하고 다시 휴대폰을 열어 병실 호수를 확인했다.

'○○○호…….'

띵 하는 소리를 내며 엘리베이터의 문이 열렸다. 주윤은 층수를 누르고는 구석자리로 가 섰다. 머릿속이 어지러웠다. 가면 뭐라고 해야 할지부터 엄마가 나를 보고는 무슨 말을 할지까지. 재빠르게 맷돌을 굴리듯 머리를 썼지만 생각나는 것은 아무것도 없었다. 결국 이렇다 할 해결책 없이 가야 할 순간이 찾아왔다. 주윤은 병실 문 앞에서 작은 심호흡을 하고는 문을 열고 들어섰다. 20년을 함께한 가족을 알아보는 것은 식은 죽 먹기였다. 아빠도 병원에서 문자를 한 것은 아닌지 보이지 않았다. 애써 표정을 가다듬고는 침상으로 다가갔다. 주윤은 이제서야 뭐라도 사 와야 했을는지 싶은 생각이 들었다. 엄마는 나를 빤히 쳐다보고 있었다. 주윤은 긴장되는 마음에 심장이 뛰었다. 이 정도면 소리가 다른 사람 귀에 들릴 수 있을 것만 같았다. 엄마의 입이 열리는 것이 보였다.

"뭐 하다가 이제 오니."

"……."

뭐라고 해야 할지 몰라서 입이 떨어지질 않았다. 비가 와서 늦어졌다, 과제 때문에 좀 늦었다. 어떻게 변명하든 엄마의 비난은 피해 갈 수 없을 것 같아 차라리 침묵을 택했다.

"너는 본가랑 자취방이랑 고작 지하철 몇 정거장 거리이면서 찾아올 생각을 안 하네. 엄마가 이 지경이 되어야만 간신히 얼굴 좀 볼 수 있구나."

"……."

엄마와의 대화는 항상 이런 식이었다. 엄마는 나의 행동을 항상 못마땅해 하고 나는 할 수 있는 말이 없다. 한 쪽만이 불만을 토해내고 한 쪽은 아무 말 않는 이상한 대화였다.

"엄마 친구는 너 또래인 딸이랑 같이 영화도 보면서 데이트도 한다는데, 너는 엄마 보면서 드는 생각 없니?"

주윤은 매사에 이런 일방적인 말들을 들으며 자랐다. 주윤이 평범한 화두를 꺼내어도 이야기를 하다 보면 엄마의 푸념으로 이어져 있었다. 이 흐름에 지친 주윤은 점점 엄마와 대화하기 싫어졌고 빈도수가 눈에 띄게 줄어들었다. 그 상태에서 대학 때문에 집을 나와 자취를 시작했고 과제가 있다, 대회 준비를 해야 해서 바쁘다 같은 핑계를 대며 엄마를 피했다.

주윤은 무어라 말할 자신이 없어 죽이라도 사 오겠다 한 뒤 병실을 나와 계단으로 향했다. 문을 닫아 버리자 틈새로 스며들던 빛이 사라지며 온 사방이 새까매졌다. 곧 갈라질 것 같이 메말랐던 눈가가 촉촉해졌다. 서러움에 눈물이 터져 나왔다. 눈이 부어오를까 봐 손도 못 대었다. 그냥 눈물이 자연스레 흐르도록 두었다. 방울방울이 뺨을 타고 흐르며 얼굴을 적셨다.

타고 내려오는 눈물의 수가 줄어들 즈음 주윤은 흐렸던 눈앞이 선명해지는 걸 느꼈다. 속에서부터 느껴지는 약간의 후련함으로 쪼그려 있었던 자세를 일으켜 세웠다. 멍하니 허공을 바라보다 가방도 지갑도 엄마의 병실에 놔두고 온 것이 생각났다. 주윤은 계단에서 나와 엘리베이터로 향했다. 오늘은 더 이상 마주치기 싫었다. 시간이 얼마나 지난 것인지 창을 통해 본 밖은 겨울이 다가올 것을 예감하라는 듯 해가 사라지고 없었다. 그렇다고 새까만 빛은 아니었기에 집에 걸어갈 수는 있는 시간인 듯했다. 주윤은 멍하니 발걸음을 옮겼다.

익숙한 알람 소리에 주윤은 눈을 비비적대며 일어났다. 밤사이에 비가 왔다 그쳤는지 하늘엔 구름이 끼어 있고 나무는 촉촉해 보였다. 처음 엄마 병원을 갔다 온 뒤로 한동안 근처에도 안 갔다. 아무런 연락도 오지 않았고 주윤의 쪽에서 연락하지도 않았다. 그대로 아무 말 없이 흘러갔다.

●

시험 기간이라서 그런지 도서관에 사람들이 인산인해를 이루었다. 모두 각자의 전공 책을 펼쳐 두고 형광펜을 긋는 등 열심히 했다. 주윤은 매일 앉던 구석자리가 차 있는 걸 보고 내심 아쉬워했다. 결국 정반대 편의 벽과 가까이 있는 자리를 택했다. 환경이 달라진 탓인지 평소보다 집중이 안 되는 느낌이었다. 매일 앉았던 창가와는 다르게 히터의 뜨끈한 공기가 주변에서 맴돌아 눈꺼풀이 천근만근이었다. 눈을 천천히 껌뻑대다 머리까지 떨구는 지경이 오자 깨기 위해 손으로 비비는 등 갖가지 수를 써 보았지만, 이내 졸음에 지고 말았다. 그런 주윤은 깨운 것은 진동이 울리는 휴대폰이었다. 도서관인 것을 망각하고 있던 주윤은 눈이 크게 뜨이며 알아채고는 잽싸게 휴대폰만 집어 밖으로 나가 전화를 받았다. "여보세요."라고 말하는 낮고 갈라진 익숙한 목소리는 아빠의 것이었다.

"아빠? 왜 전화했어?"

아무 말도 들리지 않았다. 곧 처음 듣는 듯한 훌쩍이는 것 같은 소리가 들려왔다. 주윤은 이상한 불안감에 아빠를 불렀다.

"아빠? 뭔 일 있어? 왜 그래?"

"엄마가……. 죽었어."

떨리는 목소리로 전하는 소식에 주윤은 머리를 한 대 얻어맞은 것 같았다. 얼마 전 병원에서 나에게 멀쩡히 푸념을 내놓던 엄마가 갑자기 죽다니 도무지 믿기지 않았다. 아빠가 장례식장 주소와 이것저것을 더 말했다. 주윤은 끊긴 전화를 귀에서 떼어 내지 못했다. 한동안 같은 상태로 머물러 있었다. 그러다 아빠가 보낸 메시지의 알림으로 정신이 퍼뜩 들었다. 장례식장의 주소가 담겨있었다. 일단 짐을 챙기기 위해 다시 도서관으로 들어갔다.

●

장례식장에 들어서자 친척들이 테이블 하나에 옹기종기 앉아 있는 게 보였다. 모두 모인 것이 오랜만이었지만 반갑게 인사할 수 있는 분위기는 아니었다. 주윤은 신발을 벗고 그 테이블로 다가가 허리를 굽혀 인사했다. 모두 짠 듯이 일어서 주윤의 등을 감싸며 위로해 주었다. 주윤은 고마움을 표하기 위해 웃으며 '괜찮아요.'를 남발했다.

시간이 얼마나 흘렀을까. 장례식을 끝마치고 어느새 주윤은 자신의 집이었다. 앉아있다 깜빡 잠이 들었는지 주윤은 공부용 의자에 꾸깃꾸깃하게 앉은 채였다. 꺾여 있던 목이 우두둑 소리를 내며 펴졌다. 발을 옮겨 문을 여니 안정을 주는 내음이 주윤을 반겼다. 하늘은 약간 어두워진 것 빼고는 다를 바가 없는 걸 보니 10분 내지 20분 정도 잔 것 같았다. 언제는 엄마가 죽었으면 좋겠다 생각할 정도로 철없던 적도 있었지만, 막상 현실로 다가오니 엄마와 즐거웠던 일들만이 기억이 나며 조용히 울고 싶었다. 마지막으로 봤던 게 그 병문안일 줄 알았더라면, 한 번이라도 더 가 볼걸. 내가 조금 더 참고 견딜걸. 주윤은 또다시 뒤늦은 후회를 했다. 후회는 이제 지겨웠다. 입을 꾹 다물고 휴대폰에 남아 있는 엄마의 사진을 하나하나 뜯어보며 관찰하고 있던 주윤은 휴대폰의 진동이 울리는 것을 느꼈다. 익숙한 편지 모양의 아이콘이 떠 있었다. 발신자의 정체는 해경이었다. 얼마 전 안부에 대한 글도 안 읽고 넘겼던 주윤은 이번에도 그럴까 생각했지만 미안했던 탓인지 손가락은 이미 메시지를 누르고 있었다.

📱 '혹시 지금 만날 수 있어?'

📱 '뭐 하려고?'

📱 '술이나 한잔할까 싶어서.'

📱 '좋아. 주소 보내 봐.'

일말의 고민도 없었다. 주윤은 아직 엄마가 없는 집에 있고 싶지 않았다. 그리고 시기 좋게 오랜만에 연락이 닿은 동창의 만나자는 제의가 왔다. 좋은 핑계거리였다.

다행히 멀지 않은 곳이라 금방 도착할 수 있었다. 메시지가 가리키는 장소는 익숙한 포장마차였다. 주윤이 다니는 대학 근처에 위치해 있어 기분이 안 좋을 때마다 주윤이 술을 마시러 자주 오는 곳이었다. 천막을 걷자 후끈한 열기와 함께 알코올의 내음이 와 닿았다. 바깥은 제법 쌀쌀한 공기가 돌고 있었기에 따끈따끈한 열기가 반가웠다. 주윤은 이리저리 둘러보며 안으로 들어갔다. 고개를 돌리던 중 낯익은 이목구비가 보였다. 게시 글에서 봤던 얼굴이다. 해경이었다. 주윤은 해경의 공연을 근래가 아닌 고등학생 때 보았던 적이 있었다.

그때와 비교하여 그다지 다를 게 없는 해경의 얼굴에 주윤의 머릿속에서는 옛날의 추억이 떠오르고 있었다. 음악에 대한 열정으로 초롱초롱하던 해경의 눈빛이 여전히 기억난다. 주윤은 그 눈빛이 맘에 안 들었었다. 물론 지금도 그런 감정이 마음 깊숙이 자리 잡고 있지만, 이제는 그것이 해경의 잘못이 아니기에 꾹꾹 눌러 담았다.

먼저 술을 시켜 한두 잔을 마셨는지 해경의 얼굴이 약간 빨개져 있었다. 고개를 푹 숙이고 자기 잔만 바라보고 있어 자신을 미처 발견하지는 못한 것 같은 해경에 주윤은 의자를 천천히 끌어당겨 앉았다. 그제야 등을 펴 주윤의 얼굴을 확인하듯 여기저기를 살펴보고 있었다. 초점이 명확하게 잡혀 보이는 해경의 눈빛에 주윤은 안심했다. 오랜만에 보는 동창의 주사를 알아볼 시간 따위 필요 없었다. 테이블을 보니 익숙한 초록색 반투명한 병이 2개 있었는데 반 병 정도는 이미 내용물이 사라져 있었다. 눈앞에 병을 든 해경의 손이 다가왔다. 잔을 채우려는 행동에 주윤은 아무 말도 못 하고 무릎 위에 머물던 손을 옮겼다. 주윤 자신이 다 자초한 일이라 앉은 곳이 가시방석같이 따끔따끔한 기분이었다. 따라 준 술을 멀뚱멀뚱 쳐다보며 사과할 타이밍을 재던 중 먼저 인사가 들려왔다.

"오랜만이다."

"아…. 그, 그러게."

목소리가 약간 떨리며 더듬거리는 말이 튀어나왔다. 요즘 해경의 앞에서만 얼굴 붉힐 일이 많은 것 같았다.

"너랑 이렇게 만나게 될 줄은 몰랐는데. 그치."

"응……. 나도."

왠지 모르게 긴장이 되어 주윤은 술의 힘을 빌리기로 했다. 어제도 과음해서 간에게 미안했지만 이 분위기라면 먹고 죽는 편이 나았다. 주윤이 잔을 입으로 털어 넣자 해경이 비워진 잔들을 또 채우기 시작했다. 시원한 알코올이 위를 세척해 주는 듯한 느낌에 주윤은 크게 입을 열었다

"그……. 저번에 그렇게 보낸 거 정말 미안해. 진심은 아니었어."

"그래, 넌 좀 미안해해야 돼. 나 조금 상처받았잖아."

해경이 가볍게 말하며 장난스러운 투로 과하게 한숨을 내쉬었다. 주윤은 해경의 아무렇지 않아 보이는 듯한 태도에 그제야 경직되었던 어깨가 내려가면서 긴장도 함께 완화되었다.

"하……. 진짜 미안해. 내가 그땐 제정신이 아니었어."

"됐어. 지난 일인데 뭐."

다시 한 번 사과하는 주윤에 해경은 넉살 좋게 손을 저으며 웃어 보였다. 그러고는 주윤에게 안부를 물어왔다.

"넌 요즘 잘 지내?"

주윤은 머뭇거렸다. 예의상 묻는 안부임을 아는 것에도 불구하고 잘 지낸다고 말이 나오지 않았다. 지금의 상황을 누구에게라도 위로받고 싶은 심정에 토해내듯 말했다.

"사실 엄마 장례식이 오늘 끝났어. 엄마가 죽었는데 딸이라는 년은 술이나 마시고 있고 진짜… 나쁜 년이지. 사실 살아 계실 때도 사이가 좋진 않았어."

주윤은 잠시 말하기를 망설였다. 이걸 계속 말해도 되는 걸까 싶었지만, 주서 담기에는 이미 늦었다는 걸 깨달았다. 떨쳐내듯 모든 걸 말해 버리기로 했다.

"내가 피했거든. 이럴 줄 알았으면 더 찰싹 붙어 있을 걸, 그런 푸념 하나 못 들어주는 못난 딸로 기억하고 갔겠구나 싶고……. 후회만 되더라."

한 번 토로하기 시작한 말은 계속 나갔다. 친하지도 않은 사람에게 이게 할 말인지 생각이 들었지만 말은 멈출 줄 몰랐다. 그럼에도 해경은 묵묵히 들어 주었다. 주윤은 말하다 갑자기 울컥했다. 눈가에 찬 물기에 앞이 약간 흐려 보였다. 다행히 아래로 흐르진 않았다. 꼴사납게 술 먹다 펑펑 울 정도로 정신이 나가진 않았다. 해경이 채워준 잔을 시원하게 비우며 얘기가 끝났다는 것을 알렸다. 술이 뜨끈한 입안을 식혀 주며 목으로 넘어갔다. 동시에 이런 이야기를 해경에게 했다는 쪽팔림이 밀려왔다. 주윤은 자신 때문에 무거워진 분위기를 살리려 입꼬리만을 올려 보이며 해경에게 병을 가져다 기울였다.

"오랜만에 만났는데 이런 얘기해서 미안. 그래도 들어 줘서 고맙다."

"많이 힘들었겠다. 진짜 많이."

이야기를 하던 중에도 묵묵히 듣고만 있었던 해경이 입을 열어 공감해 주었다. 주윤은 애써 웃고 있던 입꼬리가 파들거리는 게 느껴졌다. 기껏 참았던 눈물이 또 쏟아질 것처럼 눈앞이 일렁였다. 애가 왜 이렇게 착한지. 주윤은 말을 돌리기로 했다. 이런 고민을 멋대로 털어놓고 공감받는 게 멋쩍어졌다.

"넌, 너는 그동안 어떻게 지냈는데? 계정 보니까 버스킹은 꾸준히 하던데, 고등학생 때부터 밴드 하는 게 꿈이었잖아."

"맞아. 그랬지."

해경이 짧은 머리를 긁적이며 어색한 미소를 지었다. 밴드에 무슨 일이 생긴 것인지 말을 잇지 않는 해경에 주윤은 눈치가 보였다. 말을 잘못 돌린 것 같았다.

"그……. 사실 같이 하던 멤버 한 명이 탈퇴했어."

충격적인 소식에 주윤은 눈이 크게 뜨였다. 눈물은 이미 쏙 들어가 버렸다. 해경은 턱을 괴고는 소주잔을 빙글빙글 기울여 댔다. 기울어지는 소주잔을 따라 내용물 또한 왔다 갔다를 반복했다. 주윤은 궁금증이 일었다. 물어봐도 되는 것인지 말로 꺼내도 되는 것인지 고민이 되던 찰나 해경이 다시 입을 열었다. 해경은 말을 하던 도중에도 불안한 것처럼 목소리가 알아차리기 힘들 정도의 희미한 떨림이 있었다. 주윤은 해경의 이런 모습이 낯설었다. 고등학생 때부터 언제나 당차고 즐겁게 노래하던 해경이 이제 와서 자신의 꿈에 회의감과 의문을 가진다는 것은 신해경 답지 않다고 생각했다. 주윤은 해경에게 말을 하려 했다. 하지만 입이 열리지 않았다. 이러한 말을 자신이 그에게 한다는 것이 맞는 건지 생각이 들었다. 그렇다고 해경의 불안한 모습을 보고 있기는 싫었고, 고민하기 시작했다. 결국 그가 주윤에게 해주었던 공감을 그대로 돌려주기로 했다. 자신과 똑같은 상황도 아니고 똑같은 슬픔도 아니겠지만 서로가 힘든 상황에 처해 이겨내기 힘들다는 것은 잘 알고 있었기 때문에. 힘을 내서 이겨내라는 말보단 힘들겠다는 말을 선택했다. 해경의 콧잔등이 약간 붉어진 듯싶었다. 어느새 비워져 있는 해경의 잔에 술을 채우며 말했다. 잠시 내려앉았던 정적을 해경이 깨버렸다.

"건배 한 번 할까?"

해경은 미소를 지으며 조그마한 잔을 들어 올렸다. 주윤도 함께 잔을 들었고 내용물이 살짝 튀기면서 쨍하는 투박한 소리가 들렸다. 가슴의 응어리가 약간 덜어진 느낌이었다. 오랜만에 기분 좋은 술자리가 될 것 같았다.

"넌 꿈이 뭐야?"

해경이 물었다. 느린 속도로 술을 주고받아 시간이 꽤 지났음에도 둘 다 정신이 멀쩡했다. 주윤은 해경의 질문에 바로 답할 수가 없었다. 포기한지 오래된 꿈이고, 다시 살리기에도 늦은 것 같았다.

"그냥 졸업해서 적당한 회사 찾으려고 열심히 학점 따고 있지. 지금은 올 에이플이 꿈이다."

주윤이 장난스럽게 웃으며 답했다. 해경이 마주보고 웃었다. 편했던 분위기에 다른 물질이 추가된 듯 삐걱거림이 느껴졌다. 주윤은 말을 돌리기 위해 입을 열었다.

"넌, 너는 그래서 밴드 계속하긴 할 거야?"

엎질러진 물은 다시 못 주워 담는다. 아까 이 궁금증을 애써 참아 놓고 머리에 힘이 풀렸는지 못할 말을 내뱉었다. 주윤은 자신의 머리를 테이블에 마구 박아 버리고 싶었다. 해경의 눈치를 살피며 다시 화제를 돌릴 게 없는지 머리를 굴리는 사이 해경이 선수를 쳤다.

"당연히 계속해야지. 내 꿈인걸."

망설임 없는 대답에 주윤은 해경을 바라봤다. 철없던 시절 잠깐 반짝하고만 빛바랜 꿈이 아니었다. 여전히 빛나고 있었다. 그 시절 주윤이라면 해경을 질투했겠지만, 지금은 아니었다. 지금의 주윤에게는 힘이 되는 존재였다. 계속하겠다는 말이 의도는 아니겠지만, 주윤의 나름대로 받아들여져 응원이 되었다. 더 이상 후회도 포기도 하기 싫었다.

주윤은 다시 카디건을 여미며 추운 공기를 맞이했다. 손끝이 시린 공기는 열이 오른 얼굴을 시원하게 매만져 주었다. 고민을 털어놓으니 한결 가벼워진 걸음으로 나왔다. 숨을 들이켜니 늦은 밤 특유의 상쾌한 내음이 느껴졌다.

●

과제에 허덕이며 사느라 며칠이 단 몇 초같이 지나갔다. 그 사이 해경과 따로 주고받은 연락은 없었다. 딱히 연락하던 사이도 아니었고 그 연락도 우연히 닿았던 사이라 꿈이 아닌가 하는 의심이 들기도 했었다. 도서관에서 나설 때엔 푸른빛이었던 하늘이 집에 도착하니 어느새 어두워져 가로등이 불빛을 밝히고 있었다. 시계는 5시를 향해 가고 있었다. 오랜만에 집중이 잘됐던 탓에 점심을 걸러 배가 등에 달라붙을 것 같았다. 냉장고에서 적당히 빠르게 먹을 수 있는 게 없는지 뒤지던 중 휴대폰이 빛났다. 신해경이 속해 있는 밴드의 이름이 떠 있었다. 공식 계정으로 개인 디엠을 주고받는 게 새삼 이상하게 생각되었지만 딱히 다른 수단이 없었다.

📩 '6시 30분이야. 우리 공연. 보러 와줄 수 있어?'
📩 '좋아. 어디로 가면 돼?'

공연? 얼마 전 술 마실 때만 해도 해체 위기라고 했는데 잘 해결된 것인지 마무리라도 잘하고 가자는 뜻인 건지 모르겠지만 그런 건 가서 물어도 되는 것이었다. 가겠다는 의사를 전하고 다시 냉장고를 뒤졌다. 집을 오랜만에 와서 별로 먹을 만한 것은 보이지 않았다. 주윤은 그냥 다시 집을 나서기로 했다. 오랜만에 뜨끈한 국물이 먹고 싶었다.

밥을 다 먹고 나니 시간이 좀 지체되었던 탓에 아슬아슬하게 도착한 주윤은 주변을 둘러보았다. 저번 버스킹 때보다 약간 사람이 늘어나 있는 것 같았다. 해경은 밴드 멤버들과 얘기를 하며 악기와 마이크 등을 매만지고 있었다. 멤버는 다행히 전과 다름없어 보였다. 해경이 뒤돌아 마이크를 쥐고 인사말을 하기 시작했다. 시작된 노래는 저번 버스킹에서 들어본 노래들이었다. 그때 술에 취해 정신이 꼬여 있었지만, 맨정신으로 듣는 해경의 노래들은 고등학생 때보다 자신의 색이 진해져 있었다. 꾸준히 노력해 온 티가 그대로 드러났다. 주윤이 호응을 해주며 노래를 음미하던 중 새로운 멜로디가 들려왔다. 이 노래를 전에 들어보지 못했던 신곡 같았다. 해경이 간단히 노래에 대해 소개해 주었다. 그러고는 드럼이 노래의 시작을 알렸다. 잔잔한 베이스를 중심으로 은은한 드럼 소리가 박자를 잡아주었다. 그 사이로 해경의 목소리가 흘렀다. 소리가 점점 커지며 가사가 귀에 박혀 들었다.

'무너져 내리는 너의 꿈들이 널 아프게 할지라도 절대 포기하진 마'

노래 가사를 들으니 얼마 전 해경과의 술자리에서 했던 얘기들이 문득 생각났다. 이 노래가 그전부터 만들어졌던 것일지도 모르는 일이지만, 주윤은 멋대로 생각하기로 했다. 가사는 우리의 상황과 딱 들어맞았다. 여느 대중가요보다 더욱 가슴에 꽂히는 노래에 주윤은 해경을 바라봤다. 고등학생 시절 눈이 아플 정도로 빛나는 조명 사이에서도 최선을 다하던 해경은 성인이 된 지금도 그대로였다. 그대로, 같은 모습으로 노래했다. 그런 해경의 모습은 주윤에게 묘한 안도감을 주었다.

"넌 꿈이 뭐야?"

어렸던 주윤은 대담했다. 그 대담함이 고스란히 담긴 질문이 어느날 해경을 향해 나갔다. 그 질문을 받은 해경은 멍청한 표정을 지었던거 같다. 그러고는 질문에 확답을 하지 못하고 끝을 뭉뚱그리며 고민에 빠졌던 것 같다. 그에 주윤은 그 당시에도 충동적이었고 지금 생각해봐도 왜 그런 질문을 했는지는 잘 모르겠다. 꿈을 가진 해경을 멋대로 질투하고 미워했던 것 같다. 어리숙한 내가 떠올라 얼굴이 홧홧해졌다. 해경이가 뭐라고 했더라…

"내 꿈은… 내 음악을 듣는 사람들이 행복했으면 좋겠어. 나로 인해 그 사람들이 위로받고, 치유됐으면 좋겠어."

예상치 못한 답변에 놀랐었다. 단순히 어떤 게 되고 싶다 같은 것이 나올 줄 알았는데 행위의 목적이 나와서 해경이의 이미지가 약간 바뀌었던 순간이었다.

●

주윤은 발을 멈추고 눈앞의 건물을 올려다봤다. 하늘의 구름에 맞닿아 있을 것 같이 높이 솟아 있는 유리 빌딩이 보였다. 주변에서 말소리가 들려 둘러보니 목에 사원증 같은 것을 걸고 있는 사람들이 많았다. 이 건물에서 근무하는 사람들 같았다. 면접을 보러 온 것이 새삼스럽게 다가와 입꼬리가 올라갈 듯 내려갈 듯 애매해졌다. 손에 든 짐을 고쳐 쥐고는 회전문을 밀면서 건물 안으로 들어갔다.

몇 분 후면 면접관들을 만나 나에 대해 설명해야 한다는 생각에 자꾸만 심장이 쿵쾅대며 귀에 아무 잡음도 잡히지 않았다. 깊은 한숨이 절로 나왔다. 주윤은 문득 방금 보낸 문자 메세지가 생각이 났다. 해경이 그것을 확인했는지는 휴대폰을 꺼 놓은 탓에 알 수 없었다.

'해경아 얼마 전 공연은 잘 봤어. 그 신곡을 들으니까 울컥해서 눈물 나려는 거 꾹 참느라 힘들었지만 위로가 됐던 거 같아. 내가 사실 고등학생 때, 처음 봤을 때부터 너를 질투하고 아니꼽게 쳐다보고 욕도 많이 했었지만… 그래도 너랑 술 마실 때 여러 가지

나누고 나니까 의외로 공통점이 보이는 거야. 얘도 이랬었구나, 나도 이랬는데 하면서 제멋대로 속으로 공감하다 보니까 너한테 그간 했던 게 너무 허무하고 미안하고 그렇더라. 그리고 동시에 너무 고마웠어. 이런 이야기할 사람이 없었는데 네가 너무 잘 들어준 탓에 힘이 나더라. 고마워. 그리고 그때 장난으로 넘겼던 거 이제 진지하게 답할게. 내 꿈은 사람들에게 삶을 주는 거야. 배우들이 내 옷을 입고 연기하면 그게 한 사람이 되는 멋진 순간을 위해 나아갈 거야.

노래 가사처럼 나도 내 꿈을 위해 노력해 보려고 어느 극단에 지원서를 넣었어. 전공으로 배운 사람들을 경쟁자로 둔 내가 이길 수 있을지 모르겠지만, 일단 해 보고 후회하는 게 내 성미에 맞는 거 같아. 좋은 노래 잘 들었어.'

주윤은 편지 내용을 다시 떠올리니 이 문장은 넣지 말걸 저 내용은 왜 넣었지 싶은 쓸데없는 한탄만 가득 생기게 되어 버렸다. 문이 열리는 소리가 났다.

"39번, 들어오세요."

"아, 네!"

자신을 호명하는 목소리에 안내해 주는 대로 따라 들어갔다. 면접관으로 보이는 사람들이 일자 책상에 일제히 앉아 있었다. 주윤은 연습해 왔던 것처럼 밝은 얼굴로 인사를 했다. 처음에는 면접관들이 가벼운 질문으로 분위기를 풀어 주었다. 주윤은 자신도 모르게 꾹 쥐고 있던 손을 자연스레 무릎 위로 놓았다. 잠시 무언가를 적어 내리던 면접관이 다시 질문을 했다.

"전공이 관련이 없는 거 같은데 왜 이곳을 지원하게 되었나요?"

본격적인 면접이 시작되었다.

"제가 어릴 적부터 무대에서 제 의상을 입고 연기하는 배우가 보고 싶었습니다. 하지만, 부모님의 갖은 반대 끝에 관련 일은 꿈도 못 꾸게 되었어요. 그렇게 인생의 낙 없이 살아가고 있었는데 얼마 전 어떤 밴드를 보게 됐습니다. 그들은 자신의 꿈에 아주 충실해 보였어요. 주변의 환경과 궂은 말 따위 신경 쓰지 않고 나아가는 모습이 저에게는 새로운 충격으로 다가왔습니다. 그래서 저 또한 도전해 보고 싶었고, 후회한다 하더라도 제가 하고 싶은 대로 나아가고 나서 후회하자 싶어 이곳으로 지원서를 넣었습니다."

몇 가지의 중요한 질문과 답변을 더 주고받았던 것 같았지만 정신을 차리고 보니 건물 밖이었다. 의외로 면접이 일찍 끝난 탓에 하늘은 여전히 새파란 빛이었다. 긴장은 어느새 다 풀리고 포근한 날씨에 기분이 좋아졌다. 주윤의 얼굴을 매만지고 가는 부드러운 바람에 무엇이든 잘될 것 같은 느낌이 들었다.

SUNRISE

- 서지원

편지를 받았다.

탕수육을 입에 욱여넣으며 인스타그램을 보던 해경의 손짓이 멈칫했다. 만든 지 얼마 안 되어 게시물이라곤 버스킹 사진 한두 개가 전부인 계정에 메시지가 하나 도착해 있었다. 그것도 꽤나 장문의 메시지인 건지, 미리 보기로 전문이 다 보이지도 않았다. 일찌감치 자기 몫의 짜장면을 모두 먹어 치우고 드럼을 두드리고 있던 민우가 해경의 이상한 낌새를 알아차리기 시작한 것도 그때였다. 편지를 읽기 시작한 해경이 입안의 탕수육을 질겅거리며 기어코 들고 있던 나무젓가락을 탁 소리 나게 내려놓았다. 그제야 짜장면을 허겁지겁 먹던 호영과 진혁도 슬금슬금 해경의 눈치를 보기 시작했다.

"뭐야, 이 사람?"

지하에 자리 잡은 좁은 연습실에 부루퉁한 해경의 목소리가 울려 퍼졌다.

"아, 왜. 뭔데 그래?"

참다못한 호영이 해경의 손에 들려 있던 휴대폰을 잽싸게 가로챘다. 그러자 민우와 진혁이 슬금슬금 걸어와 호영의 양옆에 붙어 앉았다. 셋의 눈동자가 화면에 떠 있는 줄글을 따라 빠르게 움직였다.

'이정도로 개성 있고 다양하게 못하는 밴드는 난생 처음이에요. 밴드를 사랑하는 사람으로서 말합니다. 제발 그만둬 주세요. 사회를 위해서 버스킹이랍시고 공공장소에서 소음 공해 그만하시고 제발 다른 분야를 찾아서 떠나 주세요. 간곡히 부탁드립니다.'

"……. 간곡히…, 부탁드립니다?"

편지의 마지막 문장을 무의식적으로 따라 읽으며 휴대폰을 내려놓은 호영이 머리를 한 번 쓸어 넘겼다. 어느새 얼굴은 한껏 상기되어 있었다.

"참 나. 별 희한한 사람을 다 보겠네."

"요즘 사람들은 까는 것도 이렇게 정성스럽게 까나?"

진혁이 말하고 그 뒤로 호영이 이어서 말했다. 불과 몇 시간 전에 버스킹을 끝내고 와서 큰맘 먹고 시킨 대짜 탕수육은 어느새 누가 보냈는지도 모를 장문의 편지 하나에 뒷전으로 밀려나고 말았다.

"우리 공연이 그렇게 마음에 안 들었나."

얼굴까지 벌게진 진혁과 호영과는 달리 시무룩해진 민우가 애꿎은 휴대폰 화면만 들여다보며 말했다. 그러자 호영이 도리어 민우에게 큰소리를 냈다.

"말도 안 되는 소리 하지마. 딱 봐도 자기 인생 불만인 거 애꿎은 우리한테 화풀이하고 있는 거잖아."

비록 지금은 좁고 꿉꿉한 연습실에서 밤새 연습하다 낮에는 알바까지 뛰어야 생계를 이어갈 수 있는 보잘것없는 밴드지만, 넷 모두 자신들의 음악에 대한 자부심만은 누구보다 가득했다. 호영은 그런 자신들의 자부심을, 심지어 이제껏 피땀 흘리며 이어 온 자신들의 노력까지도 아주 양파 까듯이 까대고 있는 메시지의 내용에 화를 참을 수가 없었다.

"저런 거에 일일이 신경 써 줄 시간 없어, 연습이나 하자."

호영이 제일 먼저 자리에서 일어났다. 뒤이어 짜장면 그릇과 탕수육 그릇을 구석으로 밀어 넣은 민우가 호영을 따라 일어났다. 마지막으로 해경은 여전히 메시지 창이 켜져 있는 휴대폰을 들고 무언가를 다급히 쓴 뒤 민우를 따라 일어났다. 보통은 진혁과 호영처럼 화를 내며 이러한 악플성 메시지 따위는 무시했을 해경이었지만, 유난히 어딘가 찝찝하고 거슬렸다. 고개를 주억거리던 해경은 벽에 기대어 세워져 있던 기타를 잡아들었고, 호영은 베이스 줄을 몸에 걸쳤다. 건반 전원을 킨 진혁은 곧이어 스틱을 두 손에 쥐고 드럼 앞에 앉은 민우에게 눈짓을 보내기 시작했다. 두 개의 스틱이 허공에서 마찰하며 울리는 둔탁한 소리가 딱 세 번 울리자 약속한 듯이 노래가 시작됐다.

●

막바지 연습을 끝내고 해경은 곧바로 편의점으로 향했다. 몇 주 전까지 식당에서 일을 하던 해경은 최근에 편의점 알바를 새로 시작했다. 쉴 틈 없이 숯에 불을 피워야 했던 고깃집 알바는 육체적으로도 힘이 들었지만, 그로 인해 항상 달고 다녀야 했던 손가락 물집과 습진은 기타 줄을 튕기기에 아주 고역이 아닐 수 없었다. 편의점에는 새벽에 나가 일을 해야 했기 때문에 원래보다 수면 시간이 부족해지기는 했어도, 식당 일보다는 그나마 할만은 한 것 같다고 해경은 매번 생각했다.

새벽 시간대의 편의점에는 오후보다 손님이 뜸했다. 가끔 잔뜩 취한 손님이 올 때 빼고는 아주 조용한 편이었다. 해경은 이 시간을 허투루 보내는 법이 없었다. 주로 노래 작업을 하거나 연습을 하거나 책을 읽었다. 그러나 오늘은 인스타그램을 켰다. 버스킹을 하고 온 날이면 인스타그램을 확인하는 것이 거의 습관처럼 굳어져서 그랬다. 해경은 자신의 밴드와 관련된 게시 글들을 하나하나 확인했다. 비록 아직도 그리 많은 수는 아니었지만, 전보다 더 많은 사람들이 자신들의 공연에 대해 환호해 주고 있었다. 요즘엔 버스킹을 보기 위해 일부러 찾아와 주는 팬들까지도 생겨났다. 해경은 계산대 앞에 앉아서 이렇게 조금, 조금씩만 더 나아가다 보면 언젠가 자신들만의 단독 콘서트를 열 수 있는 날이 오지 않을까 잠깐 생각했다.

원래대로라면 새롭게 올려져 있는 게시 글들을 모두 확인한 뒤 신곡 작업에 몰두하기 시작했을 해경이었지만, 그는 좀처럼 오후부터 시작해서 스멀스멀 피어오르기 시작한 찜찜한 마음을 버릴 수가 없었다. 원인은 오후에 날아온 그 메시지 때문이었다. 해경은 메시지 목록 중 제일 위쪽에 떠 있는 메세지창을 눌렀다. 메시지는 그 창 안에 여전히 그대로 남아 있었다. 그 밑에 해경이 연습실에서 급하게 보냈던 짧은 메시지가 보였다.

📳 '저희 밴드의 노래가 그렇게 들리셨다니, 뭐라고 드릴 말씀이 없네요. 더 열심히 하는 밴드가 되도록 하겠습니다.'

사실 이런 무례한 말엔 답장을 안 하면 그만이었지만 해경은 왠지 그럴 수가 없었다. 정확히 말하자면 그러고 싶지 않았다. 오후에 호영이 민우에게 했던 말처럼 자기 자신에게 있는 불만을 그저 우리에게 표출하고 싶었던 한 사람이었다면 더욱이 그랬다. 그저 이 사람을 악플러 대하듯 대하고 싶지가 않았다. 아마 해경이 이렇게 행동하게 된 데에는 해경이 음악을 시작하고 지금까지 하고 있는 그 본질적인 이유와 연관되어 있기 때문이 아닐까 생각한다.

해경은 말풍선의 시작점에 위치해 있는 동그란 프로필을 눌렀다. 곧이어 누군가의 프로필 창으로 화면이 순식간에 바뀌었다. 아무 사진이 걸려 있지 않은 기본 프로필 밑에 이주윤이라는 이름 세 글자가 적혀 있었다.

해경은 이주윤이라는 이름 세 글자를 곱씹고 또 곱씹었다. 어딘가 익숙하고도 낯익은 이름이었다. 머릿속에 둥둥 떠다니는 이름 모를 여러 사람들의 얼굴과 주윤이라는 이름을 한창 맞추어 나가던 중 해경은 기어이 주윤이라는 이름을 가진 한 아이의 얼굴을 발견할 수가 있었다. 다른 아이들과 달리 언제나 조용하고 무뚝뚝했던, 그래서 더 기억에 오래 남았던 그 아이를 말이다.

●

해경과 주윤은 고등학생 때 처음 만났다. 당시 해경과 주윤은 딱 한 번 같은 반이 되었던 전적이 있었다. 또래 친구들에 비해 말수도 적고 반에서 그리 눈에 띄는 존재가 아니었던 주윤을 해경이 아직까지 기

억하는 이유는 바로 일렁이던 표정 하나 때문이 아니었을까 생각한
다. 해경이 속해 있던 밴드부 동아리는 급식 시간이나 학교 행사 때
간간이 짧은 공연을 했다. 기타 둘, 보컬 하나, 건반 하나로 이루어져
있는 밴드부에서 해경은 별 의미 없는 부장을 도맡아, 기타도 치고 노
래도 불렀다. 해경은 또래 고등학생들이 잘 모를 법한 올드 팝송만을
고집해서 공연을 했는데, 그래서인지 학교에는 밴드부 공연이 그다지
재미없다는 소문이 일파만파 퍼져 있는 상태였다. 그러나 해경을 포
함한 밴드부 부원들은 이에 관해 딱히 군말을 하지 않았는데 그 이유
는 서로가 살짝 달랐다. 해경은 그저 어렸을 적 공원에서 우연히 보았
었던 한 장면을 어설프게나마 따라 하고 싶었던 것이 이유였고, 부원
들은 그저 무언가 새로운 의견을 내고, 새로운 것을 연습하고 하는 행
위들이 귀찮았던 것이 이유라면 이유였다.

　그날 밴드부 공연은 언제나처럼 점심시간에 시작했다. 50명이 될까
말까 한 학생들이 강당 무대 밑에서 무대 위를 바라보고 있었다. 공연
은 해경이 무대 중앙에 놓인 의자에 앉아 기타를 잡고 노래를 부르면,
그 주위에 다른 부원들이 각자 자신의 악기를 연주하는 식이었다. 곧
이어 밴드부의 공연이 시작됐고, 해경이 그 얼굴을 마주하게 된 건 막
두 번째 곡을 시작하고서였다. 해경은 마치 이끌리듯 주윤의 얼굴을
마주 보았다. 맨 뒷줄에 어정쩡하게 서 있는 주윤의 얼굴은 해경이 있
는 거리에서 꽤나 흐리게 보일 법한데도 해경은 주윤의 얼굴에서 눈
을 떼지 못했다. 모두가 같은 표정을 짓고 있는 그 사이에서 주윤의
표정은 이리저리 울렁거렸다. 어딘가 텅 빈 것 같기도 하고, 무언가로
꽉 채워진 것 같기도 했다. 분명한 건 그것이 그리 희망찬 무언가가

아니란 사실이었다. 안 예쁘게 응집된 덩어리였다.

딸랑거리며 울려 퍼지는 종소리에 해경은 가까스로 머릿속을 가득 메운 기억들을 떨쳐 버릴 수 있었다. 벌써 몇 년이나 지나 낡아 버린 시절이었지만, 그 기억만큼은 아직까지 선명함을 유지하고 있었다.

●

해경의 꿈의 시작은 동네 공원의 작은 야외무대였다. 당시 초등학교에 갓 입학한 꼬맹이였던 해경은 한 손엔 막대사탕을 쥐고 한 손엔 방금 막 장을 보고 온 미연의 오른쪽 손을 쥐고 있었다. 그날따라 미연은 날씨가 좋아 식재료가 든 비닐봉지를 왼손에 쥐고 마트 건너편의 공원으로 향했다. 정확히 이날을 기점으로 미연은 항상 '그때 그 공원으로 가면 안 됐었는데'라는 말을 입에 달고 살기 시작했을 것이다. 그날 미연과 해경이 지나간 공원의 작은 야외무대에서는 어느 대학교 버스킹 동아리 학생들이 공연을 하는 중이었다. 작은 접이식 의자 위에 갈색의 통기타를 든 남학생 두 명이 앉아서 노래를 부르고 있었다. 해경은 막대사탕을 먹다 말고 이끌리듯 노래가 들리는 곳으로 미연의 손을 잡아끌었다. 대학생들은 누구나 알 법한 올드 팝송 메들리를 부르고 있었다. 해경은 꽤나 오랫동안 미연의 손을 잡고 그들의 버스킹을 구경했다.

해경은 아직도 생각한다. 정말 미연의 말처럼 그날 공원에서 그들을 우연히 보지 못했다면 지금 자신은 다른 길을 걷고 있었을까. 아마 해경을 포함한 그 누구도 이 질문의 정답은 알지 못하겠지만, 확실한 건 그때의 그 순간이 해경의 인생을 통째로 바꿔 놓았다는 점이었다. 한적한 공원에 울려 퍼지는 단출하지만 담백한 노랫소리와, 그 곁에서 조용히 경청하는 관객들. 그 광경은 고작 초등학생이던 해경의 마음을 매료시키기에 충분했다는 점이었다.

해경은 그 후로 미연에게 기타를 사 달라고 조르기 시작했다. 텔레비전에 누군가가 기타를 치며 노래를 부르고 있는 장면을 우연히 보기라도 하면 몇 시간이고 화면에서 눈을 떼지도 못했다. 평소에도 관심사가 금방금방 바뀌었던 해경이 금방 흥미를 잃어버릴 줄 알았던 미연은 해경의 모습을 보곤 못 말린다는 듯 진짜 기타가 아닌 작은 장난감 기타를 해경에게 선물해 주었다. 아무것도 몰랐던 꼬맹이 시절 해경은 불빛이 번쩍번쩍하는 장난감 기타를 보고 뛸 듯이 기뻐했고, 조그만 손으로 줄을 튕기자 나는 뚱땅거리는 소리에 웃음을 주체하지 못했다. 이때 미연에게서 받은 작은 장난감 기타는 더 이상 불도 들어오지 않고, 소리도 나오지 않았지만 여전히 해경의 방 한편에 보란 듯이 한 자리를 차지하고 있었다.

고등학교를 졸업하고 해경은 기타 하나와 몇 달치 생활비를 달랑 들고 일찌감치 상경했다. 그리고 작은 엔터테인먼트 회사에 들어갔다. 더 나은 회사도 분명 많았지만, 아이돌 지망생을 주로 뽑던 회사에서는 해경의 기타 실력과 노래 실력, 밴드를 꿈꾸는 포부가 그리 큰 메리트가 되어주진 못했다. 해경과 같이 밴드를 꿈꾸던 진혁과 호영, 민우도 모두 같은 회사에서 알게 된 사이였다. 서로 추구하는 음악적 성향도 그리 어긋나지 않았기에 넷은 수월하게 밴드를 결성할 수 있었다. 이것이 음악밖에 모르던 네 명의 청년들의 시작이었다.

그 후로 해경은 꿈에만 그리던 밴드 활동을 할 수 있을 줄 알았다. 실제로 밴드가 결성된 직후엔 직접 작사 작곡한 앨범도 내고 작은 콘서트에서 얼굴도 비춰 가며 활동을 하기 시작했다. 그러나 생각보다 일이 술술 잘 풀리지는 않았다. 해경의 밴드가 소속된 작은 엔터테인먼트 회사의 사정이 급격히 안 좋아지기 시작해 자연스럽게 그 여파가 해경의 밴드에게까지 고스란히 미치게 된 것이었다. 회사에서 제공되었던 연습실마저도 쓸 수가 없게 되어 지하의 좁은 연습실을 빌려서 쓰게 되었고, 자주는 아니지만, 정기적으로 내던 곡까지 줄어들게 되었다. 그러나 넷은 포기하지 않았다. 환경이 안 좋아졌지만 여전히 연습량은 그대로 유지했고, 몇 달 전부터 버스킹도 시작했다. 버스킹은 밴드를 홍보하기 위한 목적이 더 컸지만, 밴드의 꿈을 키우기 시작할 때부터 버스킹을 하고 싶었던 해경에게 있어서는 악조건 속에서도 그나마 숨을 틀 수 있는 시간이 되었다.

항상 웃음을 잃지 않는 네 청년들이었지만 점점 열악해지는 환경의 절망감과 부담감은 그들로서도 어쩔 수가 없었다. 아마 이때부터 곧고 단단하게 뭉쳐져 있던 그들의 일부분이 점점 금이 가기 시작했던 것 같다. 겨우 이십 대 초중반의 나이. 누군가는 무엇이든지 이룰 수 있는 나이라고들 하지만, 그것들을 이루어 나가기에 앞서 여전히 여리고 어린 나이에 불과했다.

●

원래는 버스킹 계획이 있는 날이었다. 그러나 새벽부터 시작된 장대

비는 오후가 돼서도 그칠 기미가 보이지 않았다. 자연스레 버스킹은 취소되었고 진혁을 뺀 해경과 나머지 멤버들은 연습실에서 새로운 곡 연습에 다시 몰두하기 시작했다. 몇 달 전부터 준비해 오던 새 앨범 작업은 생각보다 수월하게 진행되고 있었다. 그 중에서도 타이틀로 걸리게 될 새로운 곡은 해경이 작사 작곡을 도맡아서 한 곡이었다. 해경이 급변하는 주위 환경 속에서도 휩쓸리지 않고 묵묵히 써 내려간 곡이 바로 이 곡이었다. 며칠 전 멤버들은 타이틀을 포함해 앨범에 실리게 될 모든 곡들의 녹음을 끝내 놓은 상태였고, 앨범 발매와 버스킹 공연만을 남겨 두고 있었다.

연습을 하다 말고 베이스를 잡고 있던 호영의 손길이 눈에 띄게 느려지기 시작했다. 그에 기타 줄을 튕기던 해경이 호영을 돌아봤다. 호영의 눈은 비어 있는 진혁의 자리로 향해 있었다. 해경은 일찌감치 진혁이 오지 않았다는 사실을 알고 있었지만, 민우와 호영을 이끌고 일부러 연습을 시작했다. 공연도 취소됐는데, 오늘만큼은 집에서 쉬고 싶었나 보다 생각하려 무던히 애썼다. 해경뿐만 아니라 민우와 호영도 진혁 없이 시작하는 연습에 별다른 말을 꺼내지 않았다. 모두가 알게 모르게 침묵했지만, 아마 모두가 알고 있었을지도 모른다.

●

진혁은 진학했던 4년제 대학교를 휴학한 뒤, 밴드 활동을 시작했다. 처음부터 음악만을 해 왔던 해경과 민우, 호영과는 달리 사실상 음악에 손을 잠시 뗀 후, 그 시간에 공부를 더 한 셈이었다. 그 이유에는 사실 진혁의 모친인 미정의 바람이 상당 부분을 차지하고 있었다. 진혁이 음악을 하는 것을 반대했던 미정은 진혁이 음악은 하되 남들 하는 것처럼 4년제 대학에 진학을 꼭 하기 바랐다. 그리고 미연의 바람대로 진혁은 지방에 있는 평범한 대학에 입학했다. 그 뒤로 진혁은 공부 때문에 뒤로 미뤄 놓았던 음악을 다시 시작하기 위해 휴학했다. 그 뒤엔 당연히 미연의 마음에 들지 않는다는 기색이 뒤따랐다. 음악을 표면적으로 반대하지는 않았지만 사실 미연은 진혁이 대학교를 들어가기만 하면 자연스레 음악에서 손을 뗄 줄 알았던 것이다.

팀에서 동갑이었던 해경과 진혁은 꽤나 자주 술잔을 기울이며 속마음을 주고받았는데, 그래서 그런지 진혁은 그럴 때마다 해경에게 불안한 기색을 자주 내비쳤다. 주로 미래에 대한 불안감 같은 것들을 말이다.

"너는, 안 불안하냐?"

"뭐가?"

"우리. 이대로 괜찮을까."

"불안하지. 어떻게 안 불안할 수가 있겠어. 근데 어떡해. 이미 여기까지 와 버렸는걸."

"사실, 요즘 그런 생각이 들어."

"……"

"나도 처음엔 엄마 말 무지하게 듣기 싫었었다. 난 음악을 하고 싶은데, 왜 자꾸 공부하라고 하는지도 이해가 안 됐고, 대학교가 뭐가 중요하다고 계속 들어가라고 하는지도 이해가 안 됐어."

이 말을 하면서 진혁은 앞에 놓인 맥주를 연거푸 들이켰다. 해경은 진혁이 이런 말을 하기 시작할 때마다 가슴이 쿵쾅거림을 느꼈다. 금방이라도 모든 것을 내려놓을 것 같은 얼굴을 하고 있었기 때문이었다. 진혁을 따라 해경도 맥주를 계속 들이켰다. 어떤 말이라도 해 주고 싶었지만, 자신이 내뱉은 말이 혹시라두 진혁에게 작은 영향이라도 끼치게 될까 봐 무서웠다. 그런 생각을 할 때마다 목구멍이 턱턱 막혀 해경은 진혁에게 아무 말도 해 줄 수가 없어 침묵했다. 그저 이 시간이 빨리 지나 진혁의 입에서 희망찬 말만 나왔으면 좋겠다고 생각했다.

"너희는 음악을 쭉 해오던 애들이니까. 계속 나랑 다른 사람같이 느껴지기도 했어. 우리 중에서 제일 실력 딸리는 사람도 솔직히 말하면 나긴 하잖아."

"그런 말 하지 마. 애들이 들으면 웃겠다. 다 거기서 거기지. 우리 중에 실력이 더 좋고 나쁘고가 어디 있냐."

해경이 애써 웃으며 말을 이었다.

"자식아. 됐거든."

"……."

"……. 이런 말 너희 앞에서 하면 안 되는 거 나도 아는데……. 나중엔, 나도 모르게 안심이 되는 거 있지. 아, 난 음악을 포기해도 다른 길이 있구나."

"진혁아."

"……."

진혁은 안주로 꺼내 놓은 옥수수 맛 과자 하나를 집어 들며 쓰게 웃어 보였다. 해경은 그런 진혁의 얼굴을 애써 못 본 체했다. 진심으로 하는 말이 아니길 속으로 바라며, 진혁의 표정에서 아주 자그마한 크기라도 결연함을 보게 될까 두려워 고개를 돌려 외면했다.

●

건물 밖에는 여전히 세찬 빗줄기가 하늘을 가르며 쏟아져 내리고 있었다. 잠깐 연습을 중단한 해경과 민우, 호영은 연습실 바닥에 앉아 굳게 닫힌 문만을 하염없이 바라보고 있었다. 비만 오면 더 심해지는 꿉꿉한 냄새는 어느새 연습실 안을 가득 메우고 있었다. 민우는 애꿎은 머리카락만 계속 양옆으로 털어댔다. 해경도 초조하기는 마찬가지였지만, 자신까지 그러한 모습을 보이면 민우와 호영 모두 더욱 동요할 것 같아 애써 괜찮은 척해 보였다.

굳게 닫혀 있던 연습실 문은 그로부터 시간이 조금 더 지난 후에야 열렸다. 열린 문틈 사이로 진혁의 모습이 보이기 시작하자 해경이 자리에서 벌떡 일어났다. 민우와 호영은 그 자리 그대로 여전히 앉아 있기만 했다. 연습실에 무거운 침묵이 일었다. 누구도 쉽게 입을 열지 못했다.

"늦어서 미안하다."

"알면 됐어, 자식아. 애들 많이 기다렸어. 연습하자."

"나, 너희한테 할 말이 있어."

진혁은 연습실 문 앞에 서서 해경과, 민우 그리고 호영을 한 명 한 명 돌아 봤다. 해경의 흔들리는 눈동자가 찬찬히 진혁의 쪽으로 향했다. 그제야 그토록 피하기 위해 무던히도 애쓰던 진혁의 얼굴을 마주

보게 되었다. 지금 진혁의 얼굴은 해경이 머릿속으로 수없이 상상했던 그 얼굴을 하고 있었다. 진혁의 얼굴에 굳은 결연이 드러나 있었다. 몇 주 전부터 진혁의 이러한 낌새를 해경이 눈치 채지 못한 것은 아니었지만, '아니겠지. 아닐 거야'라고 생각하며 외면하려 무던히 애썼다. 해경은 아랫입술을 두 앞니로 꾹 눌렀다. 아릿하게 고통이 퍼졌지만, 개의치 않았다. 진혁의 입에서 우려하던 그 말이 나오지 않기만을 바랐다.

"난 아무래도 여기서 그만해야 될 것 같다."

"……."

"이래저래 일이 많아서, 말해야지 생각만 하다가 이제야 말하네. 미안하다."

셋의 고개가 동시에 바닥으로 툭 떨궈졌다. 호영은 한숨을 푹 내리쉬었다. 아까까지만 해도 노랫소리가 가득 들어차 있었던 연습실엔 어느새 무거운 적막함만이 감돌았다.

"음악이 좋아서 여기까지 왔고, 아마 앞으로도 이 생각은 변치 않을 거야."

"근데 왜 그러는데? 지금처럼 같이 힘내서……."

"그런데, 마냥 좋아한다고 해서 다 되는 것도 아니더라……. 아마 너네도 모두 똑같겠지만, 난 지금 이 상황이 그냥 너무 불안하고 힘들어. 못 버틸 정도로. 건반을 치는 일이 더 이상 즐겁지가 않아."

"……."

"도망가는 거야, 나. 정말 염치없고, 이기적인 새끼라는 거 알아. 그런데 나도 이렇게 밖에 할 수가 없다. 잘한다고, 누구보다 열심히 해

왔다고 생각했는데 결과가 계속 제자리인 것 같아서 그건 그거대로 괴롭고, 내가 괜히 너희 발목 잡는 것 같기도 하고."

"그런 거 아닌 거, 잘 알잖아."

"앨범은 이미 녹음까지 다 끝내서 아무 차질 없이 발매될 거야."

"너는……. 너는 이제 어떻게 할 계획인 건데."

"입대하고, 돌아와서 복학해야지."

"응원할게, 언제나. 그동안 내가 배 아파할 만큼 유명한 밴드가 돼서 떵떵거리며 말해 줘. 우린 너 없이도 이렇게 성공했다고. 그래야 내가 두 다리 뻗고 잘 수 있을 것 같다. 정말 미안하다."

진혁은 이내 연습실 문 사이로 뒷모습을 보이며 사라졌다. 해경과 민우, 호영 모두 누구 하나 나서서 멀어지는 진혁의 팔을 붙잡지 못했다. 바락바락 화를 내거나 울고불고하며 그를 잡을 수도 있었지만 그저 바라보기만 했다. 모두가 지금 얼마나 힘든 순간을 겪고 있는지 서로가 제일 잘 알고 있을 테니까. 넷 중에서도 유독 힘들어하던 진혁이 한 발 물러서고 있는 이 순간에 아무런 말도 할 수가 없었다.

언제 폭풍우가 왔다 가기라도 했냐는 듯 진혁이 사라져 버린 연습실엔 아까보다 더욱 무거운 침묵만이 흘렀다. 셋은 누구라고 할 것 없이 먼저 입을 떼지도 어디론가 가지도 않은 채 연습실 바닥에 옹송 그리고 한숨만 푹푹 쉬었다. 아마 진혁이 간과한 것이 하나 있다면 이들 모두 힘든 시간 속에서도 서로가 있었기에 지금까지 버텨내고 있었다는 사실이었다. 일찌감치 진혁의 위태로움을 보고만 있었던 해경은 왜 처음부터 진혁에게 우린 잘될 거라고, 분명 성공할 거라고 같은 평범하디 평범한 말들로 위로조차도 해 주지 못했을까 생각했다. 아마 해경은 다시 돌아간다고 해도 진혁에게 이러한 말은 해 주지 못했을지도 모른다. 그 이유는 너무 당연했다. 해경에게도 누군가에게 그런 위로를 해 줄 자신감조차도 용기조차도 믿음조차도 없었기 때문이었다.

연습은 길게 이어 나가지 못했다. 해경과 민우, 호영은 몇 년간 동고동락했던 진혁이 더 이상 오지 않는 곳에서 다시 악기를 들 수 있는 태연함을 가지고 있진 못했다. 신곡 발매가 되기까지 일주일 남짓, 언제쯤 다시 연습을 재개할 수 있을지는 모르겠지만, 해경은 지금 이 순간만큼은 연습실에 있고 싶지가 않았다. 그 뒤로 해경은 며칠 동안 연습실에 가지 못했다. 아무렇지 않게 다시 기타를 들 수가 없었다. 해경은 두려웠다. 진혁이 한 말이 계속 해경의 근처를 부유했다. 열심히, 열심히만 하는 게 진짜 길이 맞는 걸까. 만약, 그게 아니라면 이때까지 열심히 살아왔던 모든 시간들은 다 부질없었던 것이었나. 해경은 문득 미연의 얼굴이 떠올랐다. 상경할 때 버스 안에서 창문 너머로 보았던 미연의 얼굴이. 이젠 음악이 자신의 괜한 고집에서 비롯된 것 같기도 했다. 해경은 민우와 호영의 메시지까지 모두 외면한 채 오랜 시간 집과 편의점만을 전전할 뿐이었다.

●

그날도 연습실로는 향하지 못한 채 편의점 알바를 끝마치고 해경은 어둠이 내려앉은 밤거리를 하염없이 걸었다. 곳곳에 걸린 네온사인 불빛만이 보도 위를 색색깔로 물들였다. 목적지 없는 발걸음이 한참

이어지다 해경은 작은 포장마차 앞에서 발걸음을 멈췄다. 고소하고 따뜻한 냄새가 옅게 코끝에서 맴돌았다. 가 봤자 찬 공기만이 여기저기 부유하는 집은 기어이 해경의 발걸음이 포장마차 안으로 들어가게 만들었다. 자리를 잡고 플라스틱 의자에 앉으니 문득 생각나는 사람이 있었다. 해경은 잠시 생각에 잠겼다가 주머니에서 휴대폰을 꺼냈다. 알림 창엔 민우와 호영이 보낸 몇 개의 메시지가 쌓여 있었지만, 해경의 손끝은 다른 곳을 향했다. 이젠 익숙해진 인스타그램 메세지 창을 별 의미 없이 위아래로 끌어당겼다. 새로 고침 아이콘의 화살표가 원을 그리며 하염없이 제자리에 맴돌았다.

대화는 해경의 잘 지내냐는 물음 그 이후로 끊겨 있었다. 대충이라도 답장을 보내줄 만도 하지만 야속하게 침묵하는 주윤을 보며 해경은 그녀가 새삼 그대로임을 느꼈다. 고등학교 때 주윤과 대화를 그리 많이 주고받은 사이는 아니었지만, 왠지 그 애와 있으면 애써 밝고, 괜찮은 티를 내지 않았던 점이 좋았던 게 생각났다. 자신을 한심하게 바라보던 눈빛 속에 비쳤던 불운함과 이리저리 일렁이는 그 애의 표정을 보고 있을 때면 내가 그 애를 변화시켜 주고 싶다는 생각이 들곤 했었던 해경이었다.

해경은 곧이어 주윤에게 메시지를 하나 보냈다.

'지금 만날 수 있어?'

그로부터 흐른 몇 년의 시간 동안 어떻게 지내왔는지, 아직까지도 내가 네 눈엔 썩 마음에 들지 않은 건지 해경은 물어보고 싶었다. 사실은 그때 느꼈던 감정을 고스란히 다시 느껴 보고 싶은 마음이 컸다. 당연히 주윤이 흔쾌히 나와 줄 거라는, 답장을 해 줄 거라는 생각은 하지 않았다. 그냥 보냈다. 사실 해경도 술을 반병이나 비웠었기에 주윤에게 메시지를 보낼 수 있었던 것이었다.

주윤에게서 긍정의 답장이 날아온 건 해경이 그 뒤로 두 잔을 더 비운 후였다.

●

항상 남들보다 훨씬 더 빨리 나의 길을 찾았다고 생각했고, 그 길을 따라 열심히 뛰어가기만 하면 된다고 해경은 생각했다. 설령 그 길이 비좁고 오르막길이라고 할지언정 꿈을 이루기 위해서 다 헤쳐 나아갈 수 있을 거라 다짐했었다. 그런데 이제 와서 보니 지금까지 믿어 왔던 이 길이 진짜 자신의 길이 맞는 걸까란 의문이 해경을 짓누르기 시작했다. 이 의문에서 오는 초조함과 불안감은 진혁이 떠남으로써, 더욱 배가 되었다. 더 이상 자신과 같은 꿈을 꾸고 있지 않은 진혁은 어딘가로 흘러가기 시작하고, 해경은 여전히 흘러가지 못하고 이곳에 고여 있는 것만 같은 기분도 들었다. 왜 음악을 시작했고, 무엇 때문에 마이크를 잡고, 기타 줄을 튕기는지 그 이유조차 불투명해진 기분이 들었다.

주윤의 모습이 포장마차 안으로 모습을 내보인 건 그로부터 시간이 얼마 지나지 않은 뒤였다. 삐져나오려는 눈물들을 애써 참으며 빈 잔에 술을 따르고 있던 해경도 머지않아 자신의 쪽으로 다가오는 주윤을 발견했다. 몇 년 만에 처음 보는 주윤의 모습은 해경이 마지막으로 기억하고 있던 주윤의 모습과 많이 달라진 바가 없었다. 지금 해경과 주윤이 만나게 된 결정적인 계기는 모두 주윤이 보낸 편지에서 비롯된 것이었지만, 지금 해경에게 그 편지는 그리 중요한 존재가 되지 못했다. 처음엔 왜 그런 메시지를 보낸 것인지, 아직도 내가 하는 일이 네 눈엔 그리 한심해 보이는지 묻고 싶은 마음이 굴뚝같았지만, 주윤의 얼굴을 보는 순간 해경은 이상하게도 그런 생각들이 모두 불필요하게 느껴졌다.

테이블을 사이에 두고 마주 앉은 해경과 주윤의 얼굴이 서로를 향하자 둘은 옅게 웃어 보였다. 반가움과 허탈함 그 이외에 감정들이 가득 들어찬 미소였다. 무뚝뚝한 겉모습 안에 비치는 어두움까지도 여전히 그대로인 주윤의 얼굴을 바라본 해경은 마치 고등학생 때로 돌아간 듯한 느낌을 받았다.

●

햇볕이 따뜻하게 내리쬐던 날, 체육 시간이었다.

어릴 적부터 체육엔 별 흥미가 없었던 해경은 저 멀리서 축구 코칭을 하는 선생님 눈길을 피해 운동장 스탠드에 나른히 앉아 있었다.

"넌 꿈이 뭐야?"

그 와중에도 콧노래를 흥얼거리던 해경은 난데없이 옆에서 들린 누군가의 목소리에 화들짝 놀라 보였다. 목소리의 주인은 해경에게서 한두 발짝 옆에 앉아 있던 주윤이었다. 해경은 처음에 주윤이 자신에게 말한 것이 맞나 고개를 휙휙 돌려 자신과 주윤 옆에 누군가가 또 있는지 확인해야 했다. 해경이 딴엔 합리적인 의심이었다. 주윤이 자신에게 꿈이 무엇이냐고 물어볼 줄은 정말 상상도 못했던 일이었기 때문이었다. 당황한 채 움찔거리는 해경에 비해 그 원인 제공자인 주윤은 아무 표정도 하고 있지 않았다. 심지어 주윤의 시선은 운동장 저편에서 축구를 하는 남자아이들 그 어디쯤에 가 있었다. 깜짝 놀라 휙 돌아본 해경만 괜히 뻘쭘해지는 순간이었다.

"음, 내 꿈은……."

해경은 곰곰이 생각했다. 사실 해경에게 있어서 꿈이란 어렸을 적부터 너무 확고했기 때문에 곰곰이 생각할 필요가 없었지만, 왜인지 해경은 바로 얘기할 수가 없었다. 자신의 꿈을 누군가에게 말하는 것이 생각해 보면 이번이 처음이라서 그랬다.

"유명한 밴드가 돼서 많은 사람들 앞에서 노래 부르는 거. 그게 내 꿈이야."

자신의 꿈이 꽤나 확고하다고 생각하고 있었던 해경의 대답이 끝으로 갈수록 점점 작아지기 시작했다. 해경은 자신의 옆에 고요히 앉아 있는 주윤을 살짝 바라보았다. 정말, 유명한 밴드가 되는 게 나의 꿈인가? 많은 사람들 앞에서 노래를 부르는 게 진정 내가 바라고 있는 꿈인 건가? 해경은 주윤의 얼굴을 보자마자 가슴속에서 무언가가 울렁거림을 느꼈다. 그 이유라면 해경도 정확히 알지는 못했으나, 왜인지 주윤의 얼굴만 보면 항상 이상한 감정이 느껴졌다. 해경의 입술이 움찔거렸다. 주윤을 바라보면 슬프게 물결치던 그 표정이 계속 생각났다.

해경은 이내 주윤의 얼굴을 똑바로 바라보았다. 가슴속 저 밑바닥 언저리 쪽에서 강렬하게 요동치는 무언가가 금방이라도 터질 것처럼 스멀스멀 기어 올라오기 시작했다. 아닌 것 같아. 내 꿈은 이게 아니었던 것 같아. 그제야 해경은 생각이 났다. 꼬맹이 시절 자신은 기타를 치고 노래를 부르는 사람들이 아닌, 그들을 보며 행복과 위로, 따뜻함을 느끼고 있던 사람들에게서 그 가슴 뛰던 설렘을 느꼈다는 것을 말이다. 해경은 주윤의 얼굴에 웃음을 만들어 주고 싶었다. 주윤의 마음속에 비친 슬픔을 덜어 주고 싶었다. 해경은 다시 입을 떼었다.

"내 음악을 듣는 사람들이 행복했으면 좋겠어. 나로 인해 그 사람들이 위로를 받고, 치유됐으면 좋겠어."

아까보다 더 견고하고 단단해진 투였다.

스멀스멀 피어오른 그때의 작은 기억들에 해경은 울컥울컥 차오르는 생각들을 애써 꾹꾹 다시 눌러 담았다. 고등학교 때의 해경은 저런 꿈을 가지고 있었고, 저런 생각을 했구나. 해경의 손끝이 술잔 입구를 하염없이 맴돌았다.

주윤은 장례식이 끝난 후 오는 길이라고 했다. 엄마가 돌아가셨다고 말했다. 떨리면서도 담담하게 말을 내뱉는 주윤의 얼굴이 그때처럼 울렁였다. 주윤의 목소리는 먹먹하게 해경의 마음속을 파고들었다. 주윤은 자기 자신을 원망하고 질책하고 있었다. 처음 봤던 그날부터 해경은 지금까지 주윤이 왜 그런 얼굴을 하고 있었는지, 꿈을 포함한 그 많은 것들을 꾹꾹 눌러 담으며 어떻게 지내 왔는지를 알게 되었다. 그때 그날 자신에게 꿈을 물어보던 주윤의 마음이 어땠을 지를 해경은 그녀의 얼굴을 잠자코 바라보며 생각했다.

이제 해경은 도리어 자신이 주윤에게 묻고 싶었다.

넌 꿈이 뭐냐고. 주윤은 해경에게 답했다.

"내 꿈은……."

울렁거리는 주윤의 표정이 해경에게로 향했다.

다음 주면 해경과 진혁, 호영 그리고 민우가 열심히 작업했던 앨범이 발매될 것이고, 버스킹도 다시 전처럼 진행해야 했다. 아니, 더욱 열심히 해야 했다. 진혁의 빈자리를 남겨둔 채 말이다. 이젠 더 이상 시간이 없었다. 해경은 주먹을 꽉 쥐었다. 내가 잘할 수 있을까. 불안감이 해경의 주위를 이리저리 떠돌았다. 처음 고등학교 강당에서 공연을 한 그 순간에 보았던 주윤의 얼굴이 겹쳐 보였다. 해경의 가슴이 둥둥 뛰었다. 이 보잘것없는 내가 널 위로해 줄 수 있을까. 하지만 나는 너를, 우리들을 위로해 주고 싶어. 우리의 꿈을 응원해 주고 싶어.

●

다음날, 해경은 곧바로 연습실로 향했다. 원래라면 이미 모두가 모여 한창 연습을 하고 있을 시각이었다. 발걸음은 오늘따라 더욱 떨어지지 않았고, 해경의 마음도 그러했다. 누군가 떠나고, 그 자리에 남은 사람들은 늘 그렇듯 불안에 사로잡히고 만다. 지금의 해경처럼 말이다. 해경은 망설여졌다. 모두가 자신을 남겨두고 다 떠나가 버렸을까봐 무서웠다. 연습실 문손잡이를 잡은 해경의 손바닥이 어느새 축축해지기 시작했다. 숨을 깊게 들이마신 해경이 이내 연습실 문을 열었다.

"왜 이렇게 늦었어." 베이스를 어깨에 걸친 호영이 웃었다.

"그러니까. 이제 형 없으니까 연습이 안 돼, 연습이."

드럼 앞에 앉아 있던 민우가 해경을 나무라듯 말했다. 그러나 얼굴엔 잔잔한 미소가 퍼져 있었다. 한껏 경직되어 있던 해경의 어깨가 천천히 힘을 빼며 아래로 내려갔다. 진혁이 나가는 순간에도, 주윤과 애기를 하면서도 나오지 않던 눈물이 금방이라도 나올 것 같았다. 떨리던 해경의 입꼬리가 호선을 그리며 위로 솟아오르기 시작했다. 글썽이는 두 눈동자가 민우와 호영을 바라보자 둘은 아까 보다 더 힘차게 웃어 보였다.

"잘해 왔고, 잘하고 있고, 앞으로도 잘할 거야. 우리."

"힘내자. 형."

해경이 고개를 끄덕였다. 어깨에 메고 있던 기타 가방을 내려놓은 해경은 기타를 꺼낸 뒤, 자신의 자리인 민우와 호영의 중간에 가서 섰다. 원래 진혁이 서 있었던 자신의 오른쪽 자리를 한 번 돌아본 해경이 숨을 깊게 들이마신 뒤 기타 줄을 어깨에 멨다. 민우가 스틱을 고쳐 잡고 공중에서 세 번 두드렸다. 약속한 듯이 노래는 시작됐다.

●

'6시 30분이야, 우리 공연. 와 줄 수 있어?'

동글동글 제자리에서 돌던 아이콘이 사라지며 해경이 작성한 문자가 전송되자 화면을 끈 해경이 휴대폰을 주머니에 집어넣었다. 오늘은 새로 작업한 앨범이 발매가 되는 날이었고, 새로운 곡으로 버스킹을 처음 하게 될 날이었다. 해경은 주윤에게 이 공연을 꼭 보러 와 달라고 문자를 남겼다. 다시 말하자면, 주윤이 이 노래를 꼭 들어줬으면 좋겠다고 해경은 생각했다. 너에게 아니, 어쩌면 우리에게 들려주고 싶은 노래였다. 해경은 무언가를 곰곰이 생각하다가 이내 다시 주머니에서 휴대폰을 꺼내 들었다. 연락처에서 이젠 익숙한 듯 낯설어진 이름 세 글자를 찾아내 해경이 통화 버튼을 꾹 눌렀다. 몇 번의 신호음 끝에 휴대폰 너머의 누군가가 전화를 받았다. 진혁이었다. 해경과 진혁은 그 후로 꽤나 오랫동안 아무 말이 없었다. 긴 침묵 끝에 해경이 입을 열었다.

"마지막으로 한 번만 더 같이 연주해 줄 수 있어?"

"……. 응."

휴대폰 건너편에서부터 진혁의 목소리가 낮게 흘러나오자 해경은 잔잔히 웃었다.

●

진혁은 검은색의 모자를 푹 눌러쓴 채, 버스킹이 시작되기 십 분 전쯤에 그들의 앞에 나타났다. 장비를 세팅하던 셋은 쭈뼛쭈뼛 다가오는 진혁을 발견하곤 미소를 지어 보였다.

6시 30분. 해경과 진혁, 호영, 민우는 모두 자신의 자리에 가서 악기를 들었다. 그들 주변엔 이미 그들의 공연을 기다리는 수십 명의 사람들로 가득 메워져 있었다. 해경은 마이크를 고쳐 잡으며 그들을 처음부터 끝까지 훑었다. 이제 공연은 해경의 사인 하나면 바로 시작될 터였다. 비로소 해경이 찾던 누군가의 모습이 해경의 눈에 들어차자 그제야 그는 뒤를 돌아 민우를 향해 고개를 몇 번 끄덕여 보였다. 민우의 스틱 소리와 함께 그들이 연습실에서 수십 번도 더 연습했던 그 노래가 시작되었다.

> 잡힐 듯 잡히지 않는
> 너와의 거리
> 한 발 다가갈수록
> 손을 뻗을수록
> 더 아득해져만 가는 것 같은데
>
> 누구보다 열심히
> 널 쫓기 위해
> 달리는 이 길 위에서
> 문득 외롭다고 느껴질 때
>
> *sunrise*
> 무너져 내리는 너의 꿈들이
> 널 아프게 할지라도
> 절대 포기하진 마
> 오로지 널 향해
> 떠오르는 저 해는

너의 앞을 환하게 비출 거야.

해경의 목소리와 호영의 베이스 소리, 민우의 드럼 소리 마지막으로 진혁의 건반 소리가 찬란하게 섞인, 하나의 노랫소리가 따뜻하게 그곳에 있는 모두를 감쌌다. 어렸을 적 우연히 본 벅찼던 그 장면들이, 고등학교 때 보았던 주윤의 그 표정들이 파노라마처럼 해경의 머릿속을 맴돌았다. 해경은 비로소 자신의 노래를 통해 꿈에 닿기 위해 내달리는 사람들을 위로했다. 주윤을 포함해 해경은 자기 자신을 위로했다. 네가 선택한 이 길을 믿어. 넌 분명히 잘할 수 있을 거야.

너에게

— 정민서

편지를 받았다.

아주 투명한 유리병에 담겨 있는 편지다. 3년 전에도 이 유리병과 똑같이 생긴 걸 주웠었는데, 평화롭고 작은 바닷가 마을에 살고 있는 나를 고통스럽게 만든 편지였다. 보통 바다에 떠다니는 유리병에 담긴 편지를 주웠다면 받았다고 말하지는 않겠지만, 나는 내가 그 편지를 꼭 받았어야 할 사람이라고 생각한다. 그때와 비슷한 유리병을 다시 보게 되니 심장이 떨린다. 어떤 내용이 적혀 있을까 긴장되기도 하고, 3년 전 처음 편지를 받았을 때의 기억도 떠오른다.

◆ 첫째 날,

나는 혼자서 달빛이 내려앉은 모래 위를 걷고 있었다. 시원한 바닷바람 사이를 가르며 걷던 중 발에 무언가가 '툭' 하고 걸렸다. 뜯긴 그물이라도 떠밀려 왔나 싶어 발밑을 내려다보니 투명하고 영롱한 유리병이 보였다. 함부로 뭘 주워 오면 안 된다는데……. 그 유리병이 너무 갖고 싶게 생겨서 손에 쥐고 있다가 집에까지 들고 가 버렸다. 모래 묻은 유리병을 깨끗하게 닦아 책상 위에 올려두고 침대에 누워 책을 읽기 시작했다. 요즘은 왜인지 판타지 소설이 눈에 잘 들어온다.

'인어 이야기'

반은 사람에 반은 물고기, 눈물을 흘리면 진주가 나온다니 내가 사는 세상에서는 절대 볼 수 없을 것만 같아서 더 알고 싶었다. 그리고 내 꿈은 멋진 글을 쓰는 작가가 되는 것인데 이런 책들을 볼 때마다 나만의 이야깃거리가 생겨나고 내 꿈에 더 가까워지는 기분이 들어서 좋았다. 그렇게 한참 책을 읽던 중 잊고 있던 유리병 생각이 났다.

'아, 맞다. 유리병. 그거 열어 봐야겠다.'

책상 앞에 앉아 유리병을 쥐고 열어 볼까 말까 고민하고 있는데 무언가가 비춰 보였다. 뒷마당이 보이는 창문 틈 사이로 누군가가 날 보고 있는 것 같았다. 그때부터 나는 온갖 생각에 둘러싸여 아무 말도 못하고 꽁꽁 얼어 버렸다.

'저거 뭔데……. 병에 저주라도 걸려 있나? 귀신같은 거 붙어 왔나 봐. 큰일 났어. 아무나 나 좀 살려줘요. 앞으로 진짜 착하게 살게요. 죽기엔 너무 이른 나이잖아요.'

그렇게 한참 꼼짝도 못하고 있을 때 갑자기 창문이 확 열렸다. 무서워서 눈을 꾹 감아 버렸는데 뒤에서 예상치 못한 목소리가 들려왔다.

"야, 김연두 뭐하냐? 그거 들고."

이 좁은 마을에 사는 유일한 내 친구, 하얀이었다.

"아, 놀랐잖아. 갑자기 뒤에서 나오고 그러냐."

말은 담담하게 한 편이었지만 속으로는 너무 놀라서 심장이 입 밖으로 튀어나올 것만 같았다. 겨우 진정시키고 하얀이에게 예쁜 유리병을 주워서 열어 보려던 참이었다고 말했다.

"근데 이거 열어 볼지 말지 너무 고민이야. 이상한 거일 수도 있잖

아. 그냥 제자리에 갖다 둘까? 아니면 어디 멀리 가서 버리고 올까?"

이 말을 하며 하얀이를 쳐다봤는데 손에 무슨 종이 하나를 보며 웃고 있었다.

"네 손에 종이는 뭔데? 왜 그렇게 웃으면서 보는데?"

"이거? 유리병 안에 있던 거."

유리병? 하얀이도 나랑 비슷한 유리병을 주웠나 보다. 웃는 걸 보니 안 좋진 않은 것 같아서 내 것도 열어 볼까 싶어 손을 들여다보니 유리병이 비어 있었다.

"너, 내 손에 있던 거 꺼낸 거야?"

"어. 내가 유리병을 어디서 구하겠냐. 근데 이거 읽어 봐. 애들이 장난친 거 같은데."

허락도 없이 낯선 유리병을 막 열어 버린 하얀이가 원망스럽기도 했지만 한편으로는 내용이 궁금했는데 고민 없이 종이 내용을 막 열어 봐 줘서 너무 고마웠다.

하얀이에게서 종이를 건네받고 내용을 읽어 봤다.

'안녕, 나는 바다에서 온 소라라고 해. 내일 너희 학교로 전학을 가게 되었어. 나에게 관심을 가져 주고 친하게 지내 줬으면 좋겠어. 미리 고마워!'

뭔가 무시무시한 게 있을 수도 있겠다는 걱정과는 달리 이상하고 조금은 웃긴 어이없는 글이었다.

"이게 뭐야? 그냥 예쁜 쓰레기였네. 누가 장난쳤나 보다. 근데 너 우리 집에는 왜 왔어? 늦은 시간에.”

“그냥 심심해서 너는 뭐하나 하고 놀러 왔지. 이제 갈게. 나 잠 온다.”

“그래, 잘 가.”

그렇게 하얀이를 보내고 편지에 대해서는 까맣게 잊어버린 채로 잠이 들었다.

◆ 둘째 날,

큰 파도 소리에 저절로 눈이 뜨였다.

햇살도 따스하게 비추고 갈매기 우는 소리도 들리고 몸도 상쾌하고. 뭔가 느낌이 좋은 걸! 어제 일찍 잠들어서 그런가. 그런데 몸은 개운했지만 어딘가 찝찝했다. 항상 이런 날은 무슨 일이 생기던데… 설마 하는 마음에 얼른 시계를 들여다봤다. 이제 한 7시쯤 되었으려나 했는데 7시는 무슨, 8시를 훌쩍 넘긴 시간이었다. 멍해져서 침대에 가만히 앉아 있다가 갑자기 정신이 확 들었다. 큰일 났다. 나 또 지각하게 생겼는데? 대충 옷을 몸에 끼워 넣고 학교를 향해 달려갔다.

그래도 학교가 가까워서 종이 치기 직전에 간신히 도착할 수 있었고 선생님도 평소보다 조금 더 늦게 교실에 들어오셔서 다행이었다. 그런데 평소처럼 우리에게 인사를 하며 들어오시는 것이 아니라 휠체어를 탄 한 아이와 함께 이야기를 하고 계셨다. 짧은 단발머리에 귀여운 앞머리. 상의는 흰색 하늘하늘한 셔츠를 입고 있고, 다리……. 다리 대신 꼬리가 달려 있었다. 난 그 꼬리를 보면서 ‘꼬리 진짜 예쁘게 생겼다. 비늘도 되게 디테일하고, 엄청 반짝거리네. 인어 공주 꼬리가 저런 느낌이겠지? 책에서만 보다가 이런 거 진짜로 보니까 차원이 다르다 역시 그림보단 실물이네.' 하는 생각을 하고 있었다. 그것도 잠시

　…….

'어, 잠시만 사람한테 왜 꼬리가 달려 있는 거지? 나 지금 꿈꾸는 건가?' 정신을 차려 보려고 고개를 휘저어 봤다. 이게 진짜일 리가 없을텐데 하고. 그런데 옆에 앉아 있던 하얀이가 나를 이상하게 쳐다보더니 작은 목소리로 속삭이듯이 말했다.

"너 아침에 급하게 뛰어오더니 저번처럼 또 늦잠 자고 아직 정신 못 차렸냐? 왜 그렇게 고개를 흔들고 있어!"

"아, 꿈이 왜 이렇게 안 깨. 꼭 진짜 같아."

"꿈은 무슨 꿈, 정신 차려봐. 여기 현실이에요. 김연두 씨! 저 전학생이나 봐봐. 꼬리가 있어 완전 신기하지 않아?"

얘는 이런 걸 어떻게 이렇게 태연하게 말할 수가 있는 건가 싶었다. 나만 당황하고 있나 했지만 주변에 있는 동생들의 반응도 다 나와 비슷했고 뭐라고 크게 말하는 사람은 아무도 없었지만 다들 뭐라고 웅얼대고 있었다. 웅성웅성하는 소리가 점점 커지자 선생님이 교탁을 쿵쿵 두드리셨다.

"자, 얘들아. 전학생이 왔어. 이 친구는 하얀이랑 연두랑 동갑이네. 어제 이 친구가 편지를 한 통 보냈다던데, 받은 친구가 있을지 모르겠네. 일단 자기소개하고 아무 자리에나 가서 앉으렴."

잊고 있었던 편지가 생각났다.

'그 편지가 설마 내가 받은 건 아니겠지……. 아닐 거야. 그건 그냥 장난 편지 같았다구.'

마음이 심란해져 있는데 하얀이가 선생님을 향해서 크게 소리쳤다.

"선생님, 그 편지 어제 김연두가 받은 거 같아요! 김연두, 너 어제 주웠다는 편지에 그런 내용 있었잖아. 나는 바다에서 온 소라야, 이런 거!"

이를 꽉 깨물고 작게 속삭였다.

"김하얀 쉿, 쉿."

"뭐라고? 크게 말해 봐, 좀."

"조용히 해. 그 편지 내가 받은 거 아니거든?"

"뭐래. 어제 나랑 같이 봤잖아. 전학생이 우리한테 보낸 건가 봐. 신기하다!"

"아, 나 아니라니까 진짜!"

하얀이와 내가 계속 뭐라고 말을 하고 있으니 선생님이 헛기침을 하시며 우리에게 눈치를 주셨다. 하얀이는 또 나에게 무슨 말을 하려고 입을 떼다가 선생님의 표정을 슥 보고는 그냥 조용히 전학생을 쳐다봤다. 전학생은 조금 머쓱한 표정을 짓더니 자기소개를 시작했다.

"하하. 내가 편지를 괜히 보낸 건가. 안녕. 나는 바다에서 온 소라라고 해. 조금 먼 바다에서 왔는데 인간 세계에 나와 보는 게 꿈이었어. 아무래도 다른 곳은 사람들이 많아 생활하기 어려울 것 같아서 사람들이 적은 이 마을로 왔어! 잘 지내보자. 하얀이, 연두 그리고 다른 동생들도!"

하얀이만 좋은 반응을 보이며 박수를 쳤고 나와 교실 안에 함께 있던 동생들은 조금 떨떠름한 반응이었다. 선생님은 소라라는 아이의 자기소개가 끝나자 짧게 말을 하셨다.

"소라는 우리랑은 조금 달라. 바다에서 살고, 인어인데 아무래도 생활하기 힘들 테니까 너희들이 잘 도와주렴. 선생님도 많이 노력할 테니 소라야, 걱정하지 말고."

그 뒤 소라라는 아이가 나에게 다가와서 말을 걸었다.

"안녕? 네가 연두니? 어제 내가 바다에 띄운 편지 받았나 보네. 파도 배달부가 잘 전해 줬나 봐. 여기 학교 학생들 중에 한 명한테 전해 달랬는데! 우리 잘 지내보자. 파도 배달부가 사람 보는 눈이 있는데 너는 참 좋은 애인가 봐."

이 말을 하면서 손을 내밀었는데 어쩐지 나는 그 손을 잡으면 안 될 것만 같아서 대충 억지웃음을 지으며 손잡기를 피했다. 그 뒤의 기억은 잘 나지 않는다. 학교에선 하루 종일 인어 책에서 봤던 이야기를 떠올려 보느라 수업은 하나도 못 들었고 집에 와선 밥도 안 먹고 인어에 대해 찾아봤다. 이날 아침이 유난히 개운했는데도 찝찝한 기분이 들던 게 지각할 뻔한 것 말고도 이런 심란한 일이 생기려고 그랬던 건가 싶었다. 이런저런 생각을 하다가 나도 모르는 새에 잠이 들었다.

◆ 셋째 날,

다행히 이날은 주말이어서 학교에 가는 날이 아니었다. 너무 다행이었다. 인어 꼬리를 한 아이를 보면 또 하루 종일 깊게 생각에 잠겨서 헤어 나올 수가 없을 것 같았기 때문이다. 밤에도 자는 둥 마는 둥 거의 밤을 새웠고 새벽에 잠시 잠에 들었을 때에는 인어가 나를 데리고 바다 깊은 곳으로 끌고 가는 악몽까지 꿨다. 전에 인어 책을 읽으면서는 인어를 만나 보고 싶다는 생각도 했었고, 인어가 내 친구라면 어떨까 상상도 많이 해 봤지만 실제로 마주해 보니 이유도 없이 뭔가 꺼려졌다. 내 머리는 그 아이에게 다가가도 괜찮다고 하고 있었지만, 내 마음이 강력하게 거부하고 있었다. 하얀이는 그 아이에게 거리낌이 없어 보이던데, 어떻게 그럴 수가 있는 건지 궁금했다. 마을이 좁아 혹시 밖에 나갔다가 그 아이를 마주칠 수도 있으니까 집에만 박혀 있어야겠다고 생각하고 있었다. 그런데 우리 집 마당이 너무 시끄러웠다. 창문 밖을 내다보니 마을 사람들이 모두 모여서 음식을 만들고 있었다. 지금 내가 혼자 살고 있어서 잔치가 있는 날 우리 집에서 음식을 만들고, 남는 걸 챙겨 주시곤 하는데 오늘이 잔칫날은 아니니까 아마 큰 물고기가 잡혀서 내가 먹을 반찬을 해 주려 오신 게 아닐까 했다. 해외에서 일하고 계시는 부모님 대신 나를 잘 챙겨 주시는 아주 고마운 분들이다. 대충 머리를 빗고 마당 밖으로 나가봤다.

"안녕하세요. 아주머니! 오랜만에 오셨네요. 근데 오늘 무슨 날이에요? 아침 일찍부터 다들 이렇게 모여 계시네."

"아, 연두 일어났구나. 너희 학교에 전학생 왔다며. 우리 마을에 새로운 사람 오기 쉽지 않은데 왔으니 축하 파티라도 해 줘야지. 좀 이따가 점심에 온댔으니까 너도 대충 준비하고 와서 우리 좀 도와줘라."

"전학생이요? 그 꼬리 달린 애 축하 파티를 한다구요?"

내 말이 채 끝나기도 전에 아주머니는 자리를 뜨셨고 나는 떨떠름한 기분을 가지고는 일단 준비를 하러 갔다.

아침인데도 햇볕이 유난히 세게 내리쬐고 음식을 하느라 열기가 올라와서 땀이 흘러내렸다. 점심때는 다가오고 있었고, 잠시 땀을 식히

러 집 안에 들어갔다가 다시 밖으로 나왔다. 음식 연기가 마당에 가득
차서 눈이 매웠다. 그 사이로 하얀이가 보였다.

"어, 김하얀 왔네?"

하얀이에게로 걸어가려는 순간 앞에 또 다른 한 아이가 눈에 들어왔
다. 꼬리 달린 그 아이가 하얀이와 환하게 웃으며 손을 잡고 이야기를
나누고 있었고, 하얀이는 그 아이가 타고 있는 휠체어를 밀어 주고 있
었다.

순간 나도 모르게 마음속의 생각이 입 밖으로 나와 버렸다.

"너 뭔데 하얀이 손잡고 있어. 손 떼."

아차, 싶어서 내 입을 틀어막았지만 이미 말은 밖으로 튀어 나간 뒤
였다. 하얀이가 내 얼굴을 보며 정색을 했다. 평생을 함께해 온 친구
지만 여태 그렇게 정색한 모습을 본 건 처음이었다.

"김연두, 말이 좀 심하다. 이 친구 안 그래도 적응하기 힘들 텐데 너
까지 그러면 어쩌라고."

여기서 내가 사과를 하고 끝냈어야 하는 일인데 마음과는 다르게 입
이 따로 놀았다.

"아니, 저 이상한 꼬리 달린 애랑 붙어 있다가 뭔 일이라도 생기면
어쩌려고 그래. 게다가 쟤는 인어라며. 요즘 섬 밖에서는 사람도 못
믿는 세상이라고 난린데 인어를 어떻게 믿어. 조심해, 너. 이렇게 충
고해 주는 것도 나밖에 없어. 하얀아, 빨리 정신 차려."

내가 말한 거였지만 나 자신을 한 대 때리고 싶었다. 정말 왜 그랬을
까?

그날 짧게 말싸움을 한 뒤로 하얀이는 내 쪽으로 시선을 주지도 않았고 시간은 눈치 없게도 너무 천천히 흘러갔다. 동생들도 꼬리 달린 아이를 피해 다니는 것 같았지만 나처럼 대놓고 심한 말을 하는 아이는 없는 것 같았다. 마을 사람들이 준비한 음식을 먹으며 즐겁게 이야기를 나누는 동안 나는 혼자 방에서 나 자신을 원망하고 있었다. 하지만 그런 일을 겪고서도 꼬리 달린 아이를 향한 생각은 변함이 없었다. 왠지 모르게 멀리하고 싶었고, 앞으로 계속 같은 학교에서 같은 공간에서 머물러야 한다는 사실이 끔찍했다.

아까 침대에 누워 있으면서 뒷마당에 몇몇 아이들이 와서 전학생이 조금 꺼려진다는 이야기를 하는 걸 들었었다. 그래 나만 그런 게 아닐 텐데 분명히. 만약 내가 그 편지를 안 주웠더라면 마음 편히 미워했겠지만 그 애가 첫날 나를 보자마자 나는 편지를 받았으니 특별하게 더 친한 사이가 되고 싶다는 식으로 말한 것 같아서 찜찜했다. 괜히 뭔가 여지를 줘서 나를 더 불편하게 하는 것 같았고, 하나부터 열까지 그 아이의 모든 것이 마음에 들지 않았다. 그날은 하얀이에게 어떻게 사과할까, 그 아이를 어떻게 떼어낼까 하는 생각에 한참 잠겨 있다가 하루가 다 가버렸다.

♦ 넷째 날,

이날도 학교를 가지 않는 주말이었고 정말 다행이었다. 그 아이를 마주칠 일도 없고 적어도 전날보다 상황이 더 꼬이진 않을 테니까. 일단 하얀이를 불러서 화해를 해야겠다고 생각했다. 그리고 하얀이에게 문자를 해 봤다.

📱 '하얀아 나 연두야. 어제는 미안했어. 어제 날씨도 덥고 음식 준
비 돕느라 힘들어서 제정신이 아니었나봐. 지금 우리 집에 올 수 있
으면 와 줘. 너랑 할 얘기도 있고 얼굴 보고 사과하고 싶어.'

한 10분쯤 지났을까, 하얀이가 무표정을 하고 내 방으로 들어왔다.
침대에 누워 있다 하얀이를 보고 벌떡 일어서서 조심스럽게 말을 걸
었다.

"정말 미안해. 어제는 내가 생각이 없었던 것 같아, 하얀아."

"왜 사과를 나한테 해? 소라한테 사과해야지."

하얀이가 정말 화가 많이 났었던 것 같다. 가끔 다툴 때는 있었지만
그래도 내가 사과하면 늘 받아줬었는데. 일단 대충 사과한다고 말하
고 하얀이와 화해하는 게 중요할 것 같았다.

"내일 학교 가자마자 미안했다고 사과할게. 너는 내 사과 받아주는
거지?"

하얀이가 잠시 고민하는 듯하더니 입을 뗐다.

"그래. 그 대신 너 꼭 사과해야 한다? 알겠지?"

"으응……. 그래."

어찌어찌 화해를 하고 나는 하얀이에게 우리 집에서 좀 놀다 가라
고 했지만 하얀이는 집에 가서 할 일이 있다며 바로 가 버렸다. 아무
래도 나한테 많이 화가 났으니까 풀리는 것도 한 번에 풀리진 않겠
지? 내일 학교에 가서 선물이라도 주면서 마음을 풀어줘야겠다는 생
각을 했다.

◆ 다섯째 날,

아침에 학교에 가기가 너무 싫었다. 그래도 하얀이 기분을 풀어 줘야 하니까 가긴 해야겠다 싶어서 무거운 발걸음으로 교실에 들어갔다. 교실에서는 그 애가 아이들에게 둘러싸여서 이런저런 질문에 답을 해 주고 있었다. 초반에는 다른 아이들도 나처럼 전학생을 피하고 뒤에서 험담을 하는 것 같더니 환영 파티를 하던 날 분위기에 휩쓸려서 전학생을 호감으로 보게 된 건지 전학생을 잘 챙겨주고 심지어 함께 놀고 즐거워하기까지 하는 것 같았다. 시끄럽게 떠들고 있는 무리 사이에서 평소에 나와 마음이 잘 맞던 동생 한 명을 복도로 데리고 나가서 얘기를 나눴다. 얘도 전학생을 싫어하지만 그냥 옆에 있는 걸 수도 있으니까. 그리고 이 아이라면 내 마음을 잘 알아줄 수도 있을 것 같아서.

"언니, 나 왜 불렀어? 무슨 일이라도 생긴 거야? 하얀이 언니랑 싸웠어? 표정이 안 좋네."

전학생 때문에 온 마음이 꼬여 있었는지 동생에게 너무 차가운 반응을 보여 버렸다.

"내가 하얀이랑 싸웠다고? 왜? 김하얀이 그러디? 나랑 싸웠다고?"

"아니……. 그건 아니고 혹시나 해서. 기분 나빴다면 미안해."

그 동생이 말은 그렇게 했지만 아마 속으론 엄청 욕을 하고 있었을 것 같다.

"아냐. 내가 너무 예민했네. 하얀이랑은 싸운 거 아니야. 그냥 전학생 얘기 좀 하고 싶어서. 넌 전학생 어떤 것 같아?"

"아, 소라 언니? 그 언니 엄청 착하고 애들도 잘 챙겨줘! 처음에는 꼬리 때문에 무섭고 뭔가 꺼려지고 그랬는데 파티하고 그 다음 날에 우연히 만나서 얘기 좀 나눠 보고 했는데 알고 보니까 되게 좋은 언니더라. 눈물 흘리면 진주도 나온다? 그러고 어디 다치면 파란색 피가 나온대! 진짜 신기하지?"

"눈치 없긴……. 이런 반응 보일 거면 내가 너를 안 불렀지."

또 속마음이 밖으로 나올 뻔했지만 이번엔 다행히도 목구멍에 걸려 있던 말들을 삼키는 데에 성공했다. 그리고 일단은 전학생을 좋게 생각하는 척 겉만 화려하게 꾸민 말들을 마구 내뱉었다.

"아, 정말? 너도 그렇게 생각하는구나! 나도 처음에 좀 무섭고 뭔가 좀 꺼려지고 그랬는데 친구들이랑 어울리고 하는 거 보니까 좋은 애 같더라고. 얼른 친해지고 싶은데 주위에 다른 애들이 너무 많아서 말 걸기가 너무 힘들더라. 그래도 나는 동갑이니까 더 빨리 친해질 수 있겠지?"

다행히 이 말이 먹혔는지 그 동생은 나에게 조언까지 해 줬다.

"언니 평소에 인어 책 많이 읽었었잖아! 거기서 얻은 걸로 좀 친근하게 다가가 봐. 소라 언니에 대해서 잘 모르는 사람들이 대부분인데 언니가 가서 아는 거 말하면서 친근하게 대해주면 완전 좋아할걸? 나 같아도 그런 사람이랑 더 친해지고 싶을 것 같아."

"아, 정말? 조언해 줘서 고마워. 오늘 인어 책 또 읽어야겠다."

마음에도 없는 소리를 표정 하나 변하지 않고 뱉어내는 내 모습이 너무 신기하고 끔찍했다. 원래 나는 착하고 바른 아이였는데……. 어쩌다 이렇게 변한 건지 한숨밖에 나오질 않았다. 처음엔 내가 전학생을 별 이유 없이 싫어하는 건가 싶기도 했지만 날이 갈수록 이유가 한

가지 한 가지씩 생기기 시작했다. 어느 날 갑자기 나타나서 파도 배달부 같은 이상한 소리를 하면서 나와 친해지려 했던 것. 그리고 내가 잘 안 넘어가니까 하얀이에게 매달려서 친해지려 한 것. 이제는 동생들까지 다 자기편으로 만들려고 착한 척을 하고 있는 것. 그냥 살던 곳에서 쭉 살면 되지, 왜 굳이 이 작은 마을까지 찾아왔어? 도대체 왜?

머리가 지끈지끈 아파 오기 시작했다. 이대로 교실에 들어가면 커다란 파도가 덮쳐 와 내 목구멍에 걸린 말들을 다 휩쓸어 밖으로 내보낼 것만 같아서 학교 밖으로 뛰어갔다. 뛰고 또 뛰고 그렇게 한참을 달렸다. 어느새 바닷가에 도착해 있었다. 다리에 힘이 풀려 모래사장에 털썩 주저앉았다.

'아마 수업도 안 듣고 말도 안 하고 막 뛰쳐나왔으니까 무단결석이겠지. 이것도 전학생 때문이야. 걔만 없었어도 내가 이렇게 되진 않았을 텐데. 그 애만 없으면 모든 게 다 잘 풀릴 텐데.' 그러다 발끝을 적시는 바닷물에 갑자기 정신이 바짝 들었다.

'그 꼬리……. 진짜 맞나? 걔가 온 동네 사람들 다 놀리고 있는 거 아니야?' 그 아이에게 있는 꼬리가 의심스러웠다. 좋은 동네에 살다가 갑자기 이 작은 마을로 오게 되었는데 사실대로 말하면 부끄러우니까 꼬리를 뒤집어쓰고 거짓말하면서 관심 받으려고 하는 건 아닐까? 게다가 인어인데 육지에 올라와서 어떻게 숨을 쉬어. 말도 안 돼.

자리에서 벌떡 일어나서 다시 학교로 달려갔다. 내가 그 꼬리를 찢어 가짜라는 걸 보여주기만 하면 그 애는 더 이상 안 봐도 될 거야. 모든 게 다 제자리로 돌아올 거야.

학교에 다시 돌아가 보니 복도엔 사람이 없었다. 바닷가에 아주 잠깐 있었다고 생각했는데 어느새 학교가 끝난 시간이 된 모양이었다. 그런데 그때 우리 반 교실에서 전학생이 휠체어를 밀며 급하게 나왔다. 최대한 아무렇지 않은 척하고 저 멀리 복도에 있는 전학생에게 소리쳤다.

"어디가? 집에 안 갔네?"

"부모님 기다리고 있어. 아직 꼬리로 많이 걷진 못해서 바다 속에 있는 집까지는 못 가거든. 곧 오신댔는데 지금 몸이 너무 건조해져서 물통 좀 채우러 가려고."

그래. 우리 학교에서 바다까지 휠체어 타고 가려면 힘들긴 하겠다.

'아니, 근데 내가 이 말을 왜 믿고 있는 거야. 정신 차리자, 김연두! 거짓말에 속아 넘어가면 안 돼.'

"물통?"

"아, 응. 넌 못 들어서 잘 모르겠구나. 내가 바다 속에서 살다 와서 육지에 나오면 바닷물을 자주 적셔 줘야 해. 안 그러면 쓰러질 수도 있고 잘못하면 죽는 경우도 있어. 근데 학교에선 그러기가 힘들어서 소금이 든 통에 물을 받아서 사용하고 있거든. 원래 하얀이가 도와줬었는데 혼자 해 보려니까 힘드네. 좀 도와줄래?"

그 말을 듣는 순간 나는 그 꼬리가 가짜일 거라고 더 확신했다. 그렇게 위험하면 계속 바다에서 살면 될 텐데 굳이 죽을 위험을 감수하고 육지까지 올라오다니. 그리고 물에다가 소금 탄다고 바닷물이랑 같아져? 누가 봐도 거짓말이구만. 이런 허접한 거짓말에 다들 속아 넘어갔다는 게 불쌍했고 거짓말을 하면서 나를 이상한 아이로 만든 게 너무 화가 났다. 저 꼬리만 찢어 버리면 이제 모든 게 다 원래대로 돌아올 거라 생각하면서 멀리 있는 전학생에게 달려들었다. 큰 힘을 들인 것도 아니었는데 휠체어는 픽 넘어져 버렸고 나는 넘어져 버린 전학생의 꼬리를 붙들고 마구 긁기 시작했다. 전학생이 당황했는지 도와달라고 소리를 쳤다.

'그래. 이제 거짓말이 들키게 생겼는데 당황할 만도 하지. 이걸 눈치챈 건 나밖에 없을 거야.' 비늘은 생각보다 단단했고 꼬리에는 흠집이 잘 나지 않았다. 하지만 꼬리를 찢고 그 안에 사람 다리가 있다는 것만 보여주면 모든 게 해결될 거라는 생각을 하니 포기할 수가 없었다. 비늘같이 생긴 날카로운 곳에 베여서 손 군데군데에서 피가 나고 점점 팔에 힘이 빠졌다. 몇 번이고 그 아이가 나를 밀어내려고 발버둥을 쳤지만 나는 그럴 때마다 더 악에 받쳐서 힘을 썼다. 그렇게 얼마나 지났을까, '뚜둑' 하는 소리가 들렸고, 나를 꽉 묶고 있던 무언가가 탁 풀어지는 느낌이 났다.

'드디어 내가 해냈구나. 이젠 다시 원래대로 돌아갈 수 있을 거야.'

고개를 들어 주위를 보니 선생님들이 놀란 표정으로 나를 쳐다보고 계셨고 뭐라고 말을 하시면서 날 전학생에게서 떼어놓으셨다. 전학생이 이때까지 거짓말을 했다는 걸 알고 화가 나신 거라고 생각했다. 활짝 열린 창 밖에서 불어오고 있는 바닷바람이 나를 축하해 주고 있는 것만 같았다. 나는 정말 행복했고 당장 선생님께 환희에 찬 얼굴을 하고 말씀을 드렸다.

"선생님! 전학생 꼬리는 가짜예요. 보세요! 제가 이 가짜 꼬리를……"

그리고는 전학생이 있는 곳을 쳐다봤다. 바닥엔 파란빛이 가득 번지고 있었다. 내가 보던 책 속의 한 구절이 머릿속에 울려 퍼지는 것 같았다.

'인어의 피는

.

.

.

파란색이다.'

바닥에 퍼져 나가는 파란빛이 달려들어 나를 삼켜버릴 것만 같았다. 이런저런 생각들이 머릿속으로 밀려오고 심장은 터질 듯이 빠르게 뛰는데 몸은 뻣뻣하게 굳어서 아무 것도 할 수 없었다.

그때의 상황이 자세히 기억나진 않지만 내가 멍하니 서 있는 동안 선생님들이 전학생을 업고 밖으로 뛰어가셨던 것 같다. 나는 그대로 한참을 서 있다 바닥에 그대로 주저앉았다. 손 틈 사이사이로 파란색 액체가 스며들었다. 그 액체는 너무나도 차갑고, 또 차가웠다. 뜯어진 비늘 하나가 외로이 햇빛에 빛나고 있었고 나는 고요한 복도 한가운데에서 혼자 파랗게 물들어 있었다.

눈물이 났다. 하얀이한테도 미안하고, 선생님들께도 죄송하고, 멀리서 일하시고 있는 부모님께도 죄송하고, 또 마지막으로 소라.

"소라야 미안해……."

전학생의 이름을 불러보는 게 그때가 처음이었다. 하지만 내가 이미 일을 저지른 후였고, 후회해도 돌이킬 수 없는 일이었다. 내가 할 수 있는 건 아무것도 없었다.

　모든 일이 편지를 받은 지 5일 만에 일어난 일이었다. 누군가를 미워하고 미워하다 해서는 안 될 행동까지 해 버렸다. 선생님께 업혀 간 뒤로 소라는 바다 속 병원에서 치료를 잘 받았다고 하고, 학교도 다시 다녔다고 한다. 나는 아이들의 시선이 무섭고 또 소라를 볼 자신이 없어서 학교에 나가지 않았다.

　그 일이 있고 나서 다음 날이었던가, 엄마에게서 전화가 왔었는데 도저히 받을 자신이 없어서 부재중 전화가 몇 통이고 쌓이도록 그냥 두었다. 나중에 엄마에게서 온 메시지 한 통을 읽었었는데, '선생님께 이야기는 들었어. 우리 딸이 그런 일을 할 거라곤 생각도 못했는데. 정말 놀랐어. 곧 한국에 들어갈 테니 그 때 얘기하자.'라고 적혀 있었다. 난 당연히 그 메시지에 답을 할 수가 없었다.

　집에 박혀서 나를 원망하며 소리지르고, 또 "소라야 미안해. 내가 정말 미안해." 하면서 울부짖는 거, 그게 그 당시의 내 일상이었다. 사과를 하러 가야겠다고 생각은 하고 있었지만 막상 얼굴을 보면 아무것도 못하고 울다 오기만 할 것 같아서 갈 수가 없었다. 이런 나 자신이 너무 밉고 싫었다. 나는 한없이 작아졌고 이러다 차라리 원래 없었던 존재가 되었으면 좋겠다는 생각을 늘 하고 있었다. 차라리 나를 잡아가서 감옥에라도 넣었으면 했고 선생님께서 찾아와서 화라도 내주셨으면 했다. 그런데 이상하게도 아무도 나에게 벌을 주는 사람이 없었고 그게 더 끔찍하고 괴로웠다. 괴로움에 잠도 못들고 깨어있을 땐 우울함이 계속 나를 갉아먹었고, 지쳐 잠이 들어서 꿈이라도 꾸면 그 속에서도 나를 갉아먹고 있었다.

　내가 평소 좋아하던 글쓰기라도 하고 있으면 소라에게 사과할 방법이 떠오를까, 아니면 이 우울함이 조금은 사라질까 했지만 머릿속에 떠오르는 건 파란색이 전부였다. 하루 종일 펜을 붙들고 있어 봐도 써지는 글은 없었다. 펜을 들고 멍하니 책상 앞에 앉아있다 가끔 창문 밖으로 푸른빛 바다가 보일 때면 내 손에 물들어 있던 파란색이 떠올라 손이 벌벌 떨렸고, 온통 바다로 둘러싸여 있는 이 마을에서 나는 절대 집 밖으로 나갈 수 없었다. 창문에 온통 커튼을 쳐 놓고 빛 하나 들어오지 않는 집 속에서 낮인지도 밤인지도 모른 채로 그렇게 계속 하루하루를 견뎌냈다. 부모님은 곧 한국에 들어오신다더니 일에 문제가 생겼는지 몇 일이 지나도 오지 않으셨고, 전화와 메시지가 몇 통 더 왔지만 확인할 자신이 없어서 그냥 두었다.

그 일이 있고 한 달쯤 지났을까, 너무 죄책감이 느껴져 견딜 수가 없었고 지금이라도 어떻게든 사과를 해야겠다 싶어서 편지를 쓰기 시작했다. 어떤 말을 해야 할까, 어떻게 사과해야 할까 한참 고민을 하다 겨우 세 글자밖에 쓰지 못했다.

'미안해.'

그런 끔찍한 일을 저질러 놓고 한 달이 지나서야 사과를 한다는 것도 웃긴 일이었고, 소라가 나를 용서해 준다고 해도 마음이 더 편해지진 않을 것 같았다. 나는 사과할 자격조차 없는 아이였다. 하지만 소라에게 무슨 말이라도 하고 싶어서 그 세 글자가 적힌 편지를 병 속에 넣고 정말 오랜만에 바닷가로 갔다.

자꾸 손에 물들어 있던 파란색이 떠올라서 온 몸이 벌벌 떨렸다. 그래도 내가 저지른 일이니까 끝내는 것도 내가 해야지. 그렇게 무서운 푸른빛 속으로 걸어 들어갔다. 한참을 걸었다고 생각했는데 밀려오는 파도에 몸이 밀려서인지 아무리 걸어도 계속 제자리인 것 같았다. 그 래도 손에 병을 꼭 쥐고 더 깊은 곳으로 들어갔다. 또 한참을 걸으니 발이 잘 닿지 않을 정도가 되었다. 그때부터는 헤엄을 쳐서 더 깊은 곳으로, 더 짙은 푸른빛이 있는 곳으로 갔다.

평소에 바다 속에 많이 들어갔으니까 깊은 곳에 가도 괜찮을 거라고 생각했는데 몸에 힘은 점점 빠지고 물 위에서 한참 숨을 쉬고 다시 들어가도 금방 숨이 막혀 왔다. 이대로 집에 돌아가지 못하게 될까 봐 무서웠다. 소라도 낯선 육지에 살면서 이런 기분이었겠지. 해는 져서 점점 깜깜해지고 있고 몸에 힘은 없고, 이대로는 안 되겠다 싶어서 크게 숨을 들이쉬고 저 아래 바닥으로 들어가 모래 속에 유리병을 꽂아 두었다. 소라가 어떻게든 이 유리병을 발견해 주기를 바라면서.

사과하는 입장에서 직접 전달해 줘도 모자랄 판에 세 글자밖에 안 적힌 편지를 찾아서 읽어주길 바라다니. 나는 정말 나쁜 아이였다.

그 뒤로 유리병이 어떻게 되었는지는 모른다. 소라가 학교에 가는 길에 발견해서 읽었거나 아니면 그냥 바다 속을 돌아다니는 쓰레기가 되었거나. 그것도 아니라면 저 멀리 흘러가 엉뚱한 사람에게 가게 되었거나. 만약 소라가 발견하게 된다면 나를 찾아와 무슨 말이라도 하지 않을까 하고 생각했다.

그렇게 시간이 흘렀고, 어느새 3년이라는 시간이 지나있었다. 중간에 부모님이 집에 오셔서 학교는 다시 나가야 하지 않겠느냐, 가서 사과라도 하고 와야 하지 않느냐고 말하셨지만 난 이불 속에 파묻혀서 아무것도 하지 않았다. 부모님도 지치셨는지 이런 식이면 다시는 얼굴 볼 생각하지 말고 평생 혼자 살으라며 다시 해외로 떠나셨다. 그렇게 모질게 말은 하고 가셨지만 부모님이 떠난 후에 이불 밖으로 나와 보니 선반에는 먹을 음식들이 가득 차 있었고 심지어 식탁에는 밥상이 차려져 있었다.

엄마 아빠의 온기를 느끼면서 학교에 다시 나가야 하나 오랫동안 고민을 해 보았지만 도저히 자신이 나지 않았다. 그렇게 난 학교에 나가지 않아서 졸업도 못하고, 그냥 17살의 김연두로 남았다. 하지만 하얀이와 소라는 열심히 학교를 다녀 졸업도 한 것 같았고, 하얀이는 좋은 대학교에도 가게 되어 20살의 멋진 김하얀이 되어 있는 것 같았다.

사실 잘 알진 못한다. 그냥 학교 앞에 걸려 있던 현수막을 보고 애들은 잘 살고 있구나……. 그게 다였다. 그 일은 아주 조금이라도 희미해지지 않아서 하루 종일 생생히 기억이 났다. 항상 마지막으로 오는 생각은 소라가 그 편지를 찾았을 리가 없다는 것이었다. 그리고 또 다시 처음으로 돌아가 같은 생각을 반복하고 또 하고, 모래에 박아두고 왔는데 지금쯤 그냥 바다 쓰레기가 되어 있을 거야. 그렇게 생각했었다. 어제까지만 해도.

날이 갈수록 내가 했던 일이 더 끔찍하게 느껴지고 죄책감도 점점 커져 가서 최근에는 지쳐 잠이 드는 일도 없었다. 정말 말 그대로 하루 종일 깨어 있었다. 그런데 오늘은 어쩐 일인지 잠도 잘 들었고, 기억은 잘 나지 않지만 아주 기분 좋은 꿈을 꾸었다. 아침에 눈을 떴을 때엔 항상 지끈거리던 머리도 아프지 않았고, 몸도 상쾌했다. 창밖에

선 갈매기 우는 소리가 들렸고, 혹시나 소라가 답장을 하진 않았을까 하고 벌벌 떨리는 몸을 끌고 바닷가로 산책을 나갔다.

햇빛이 내려앉은 모래 위를 열심히 걸었다. 따스한 바닷바람 사이를 기르며 걷던 중 발에 무언가가 '툭' 하고 걸렸다. 유리병이었다. 그 병을 들고 빨리 집으로 돌아왔다. 내가 썼던 편지가 파도에 떠밀려 다시 돌아온 걸까, 아니면 소라가 편지를 읽어서 답장을 보내준 걸까. 전자 보단 후자이길 바라면서 떨리는 마음으로 유리병을 열어 보았다. 크게 심호흡을 하고 돌돌 말려 있는 종이를 천천히 열었다.

'미안해.'

편지는 그대로였다. 기대했던 내가 너무 바보 같았다. 그때 그냥 직접 만나서 사과했어야 하는 건데 너무 후회스러웠다. 이제는 정말 아무것도 할 수가 없구나. 지금은 학교를 졸업해서 소라를 찾아 갈 방법도 없는데……. 한숨만 나오고 어둡고 깊은 곳으로 한없이 빨려 들어가고 있는 것 같았다. 그대로 손에 있던 종이를 고이 접어 다시 병에 넣었다. 그런데 그 순간 손에 가려져 보이지 않던 무언가가 눈에 들어왔다.

하얀 장미 한 송이가 그려져 있었다. 이게 뭔 뜻일까. 아무런 의미가 없는 것일 수도 있겠지만 이번이 정말 마지막으로 온 기회라고 생각하고 한참을 어떤 의미일까 생각해 봤다. 하얀색은 하얀이를 의미하는 건가? 장미엔 가시가 있으니까 다가오지 말라는 의미고……. 내가 하얀이한테 다가가지 않길 바라는 건가, 소라는? 하긴 내가 그렇게 끔찍한 일을 저질렀는데 하얀이한테도 무슨 일을 저지르진 않을까 걱정될 수도 있겠지.

한참을 고민해서 내가 해석한 의미는 '나에게 했던 것처럼 하얀이에게 그런 짓을 하지 마. 하얀이에게 다가가지 마' 이었다. 좋은 내용일 거라는 기대까진 하지 않았지만 막상 이런 식으로 해석해 보고 나니 더 비참해지는 것 같았다.

'그래. 나는 평생 불행해야 해.'

그렇게 생각은 했지만 아무도 찾아오지 않고 평생 외로이 우울하게 살아가야 할 내가 너무 안쓰럽게 느껴졌다.

지금의 나와는 정반대로 기분 좋게 불고 있는 바람이 밉게 느껴졌다. 살랑살랑 불던 바람이 갑자기 뚝 그치고 그와 동시에 어떤 생각이 떠올랐다. 그래, 꽃말. 꽃말을 찾아보자. 그게 어쩌면 소라가 진짜 말하고 싶었던 것일지도 몰라.

떨리는 마음으로 한 글자 한 글자를 눌러 검색을 했다.

「하얀 장미 한 송이 꽃말」 검색 결과를 보는 순간 심장이 내려앉았다.

'다시 만날 수 있을까요?'

사실 소라가 나를 다시 만나고 싶어할 거라곤 상상도 못했다. 이해가 잘 가지 않았다. 나를 왜 다시 만나려는 걸까. 그리고 왜 용서해 준 걸까. 나같이 나쁜 아이를 두곤 왜 이렇게 착하게 굴어서 나를 더 나쁜 사람으로 만드는 걸까. 깊은 한숨을 내쉬며 바라본 창밖의 바다 속엔 익숙한 반짝거리는 꼬리가 보였다. 너 계속 날 지켜보고 있던 거야? 얼른 바다로 달려가 그 반짝임을 찾아보려 했지만, 전혀 보이지가 않았다.

오랜만에 나와 본 바다는 예전과 같이 평화로워 보였다. 이러면 안 되는 걸 알면서도 자꾸 소라의 꼬리를 보고 난 뒤로 마음이 점점 편안해졌다. 정말 이러면 안 되는데…….

그 뒤로 나는 17살의 김연두에서 20살의 김연두가 되기 위해서 많은 노력을 했고, 이 책을 내기 위해 서울로 올라가게 되었다.

소라가 이 책을 봐 주고, 나를 좀 더 미워하길 간절히 바란다.

연두가 처음으로 출간한 책이었다. 어렸을 때부터 꿈꿔 오던 '작가'라는 꿈을 이루기 위해서라기보단, 소라가 어디선가 이 책을 보고 자신을 조금이라도 미워했으면, 그런 마음에, 그것도 아니라면 용서를 해준 이유라도 알려 줬으면 하는 마음에 낸 책이었다. 앞표지엔 우아한 인어의 모습이 그려져 있고, 뒤표지엔 새하얀 장미 한 송이가 그려진 그 책은, 실화를 바탕으로 한 수필이라는 것이 알려지자 세상을 떠들썩하게 만들었다. 학교 폭력을 미화하고 가해자를 옹호하는 책이라며 모두가 연두에게 손가락질을 했다. 연두는 그 손가락질을 모두 견뎌내면서 이렇게라도 소라가 이 책의 존재를 알아주었으면 하는 생각을 했다. 너무 힘들고 고달픈 시간들이었지만 연두는 모두 자신이 받아들여야 하는 것이라 생각하며 이겨냈다.

그렇게 또 다시 3년이 지났다. 논란도 점점 사그라들고 있었고, 이렇게 되면 하얀이가 책을 보게 될 일은 더 없어질 것이라 생각한 연두는 다시 그 섬으로 향했다. 17살의 김연두가 살던 그 섬, 그곳에 텅 비어있는 바닷가에 가만히 누워 하늘만 바라보고 있었다. 그때 어떤

가 익숙한 책 표지를 누군가 들이밀었다.

"책 썼더라? 그렇게 이유도 없이 소라 괴롭혀 놓곤 책도 쓰고…….
잘 살았나 봐? 그 책 내고 욕 많이 먹었지? 그럴 만하지. 그러게, 왜
혼자 자기 무덤을 파. 조용히 살아도 모자랄 판에 범죄자라고 광고하
고 다니냐?"

책을 연두의 눈에 들이민 건 하얀이었다.

"……. 너 왜 여기 있어?"

"소라 보러 왔지."

"나도 데려가 줘"

"무슨 염치로 가려고. 소라가 퍽이나 좋아하겠다. 그 뒤로 몇 주는
학교도 못 나오고 치료받고 있었는데."

"그래도 나보고 다시 만나고 싶댔어. 최근에 편지 또 받기도 했고."

"뭐 그 유리병에 든 편지?"

"응."

"뭐라고 적혀 있는데 거긴. 생각해 보니까 아닌 것 같다. 만나지 말
자, 이런 거일 수도 있잖아."

"몰라. 안 읽어 봤어. 그런 내용이더라도 나 꼭 만나서 얼굴 보고 사
과할 거야. 만나게 해 줘. 부탁이야."

하얀이는 연두를 가만히 쳐다보다가 한숨을 푹 쉬곤 말을 했다.

"옛날에 네가 살던 집에 있어, 지금. 가 보든가."

"고마워."

연두는 눈물을 머금고 얼른 집으로 달려갔다. 그곳엔 휠체어에 앉아
미소를 짓고 있는 소라가 있었다. 소라는 툭 건드리면 금방이라도 눈

물이 흘러내릴 것만 같은 연두의 손을 가만히 잡아 주었다.

"괜찮아. 어릴 땐 그렇게 잘못된 생각을 갖고 실수할 수도 있는 거지. 너 그동안 많이 반성하고 힘들어 했잖아. 다 지켜보고 있었어. 그래서 용서도 해주고, 벌도 주지 말라고 한 거야. 새로 보낸 편지는 읽어 봤어?"

"……"

"안 읽어 봤나 보네. 지금이라도 펼쳐 봐. 네 책 읽고 보낸 편지였는데. 이렇게 만나게 될 줄은 몰랐네."

연두는 잠시 망설이는가 싶더니 조심스럽게 유리병을 열고 그 속의 종이를 꺼내 봤다.

'네가 이제 그때 그 시간 속에서, 그 괴로움 속에서 빠져 나왔으면 좋겠어. 이제 더 이상 미안해하지 않아도 돼. 나 정말 괜찮아.'

연두는 그대로 털썩 주저앉아 한참을 울었고, 소라는 그런 연두의 손을 꼭 잡아주고만 있었다. 하얀이는 그 옆에서 미소를 지으며 그 둘을 바라보았다.

그 날, 17살에 머물러있던 김연두는 비로소 20살의 김연두가 될 수 있었다.

허 상

- 정예원

편지를 받았다.
'할 얘기 있어. 학교 끝나고 후문 앞 차에서 기다릴게.'

결국 이런 일이 있을 거라고 예상했지만 아직도 믿기지 않았다. 자기도 계속 신경 쓰였겠지. 포스트잇에 적을 만큼 짧은 내용이지만 누가 볼까 싶어 작은 편지 봉투에 꽁꽁 싸매고 내 가방에 넣어 둔 모습이 참 웃겼다. 보나 마나 날 입막음하려고 부른 거 같은데. 그냥 조용히 하겠다고 해야 될까. 어떻게 하면 안 갈 수 있을까 고민해 봤다. 잘못은 자기가 했으면서 내가 더 떨리는 상황, 아이러니하다. 가기 싫은 내 표정을 읽었는지 김지연이 쉬는 시간에 슬쩍 말을 흘리고 갔다.

"너 마치고 안 오면 너네 집 앞에서 기다리고 있을 거야."

뻔뻔한 모습이 적반하장이다. 누가 보면 내가 잘못한 줄 알겠다.

남은 수업시간 내내 김지연 생각만 하다 끝났다. 제대로 집중 못 하던 나와 달리 김지연은 흐트러짐 하나 없이 수업을 듣고 칭찬까지 받았다. 멘탈 하나는 정말 대단한 것 같았다.

학교를 마치고 교실에서 나오는 발걸음이 무거웠다. 교실에서 후문까지 그 짧은 거리에 오만가지 생각이 다 들었다. 일단 내 결론은 김지연과 걔네 부모님이 조용하라고 협박할 수 있으니까 녹음기를 켜두고 무슨 말을 하던지 일단 생각해 본다고 할 계획이었다. 아, 누가 내 이야기를 듣는다면 겁도 없다며 부모님과 상의 후 차에 타라고 말할지도 모른다. 하지만 그들은 고단수였고, 나에게 부모님과 상의할 시간 따위는 존재하지 않았다. 하굣길에 내가 부모님과 전화하는 것을 염려했거나 또는 딴 길로 샐까 봐 종례 후 김지연은 내 뒤만 밟았다. 그렇게 내가 후문에서 나오니 여러 차 중 가장 끝에 있는 한 대가 살짝 창문이 내렸다. 저 차구나. 안이 하나도 안 보일 정도로 선팅을 심하게 했다. 차를 보자마자 이 일이 정말 실감 났다. 아, 저 차구나. 튀어나갈 것 같은 심장을 붙잡으며 심호흡 한 번하고 문을 열었다.

"안녕하세요."

"그래. 안녕, 네가 시연이구나. 내가 왜 따로 불렀는지……."

첫날부터 김지연은 좀 달랐다. 김지연을 표현하자면 '당차다'라는 말로는 부족했다. 그거보다 더 센 단어가 필요할 만큼 김지연은 그런 자신감이 넘치는 아우라가 있었다. 대학 진학을 위해 조용히 공부만 하는 게 아니라 자부심에 가득 찬 표정과 말투로 우리 모두를 압도했다. 김지연의 남다른 분위기는 그렇게 화려한 외형이 아니었음에도 반 아이들의 시선을 끌기에 충분했다. 그런 상황에서 조금의 겸손이 있었다면 김지연의 평판은 아주 좋았겠지만 그러지 못했다. 잘난 사람은 자신이 잘난 것을 안다고 하지 않던가. 김지연도 마찬가지였다. 내가 봤을 땐 이렇게 완벽한 사람이 있나 싶을 정도로 공부, 분위기, 경제적 상황, 부모님의 능력, 뭐 하나 빠짐없이 다 갖추었다. 그러다

보니 다른 학생보다 자신이 뛰어나다는 우월감을 느끼고 있는 듯했
다. 시간이 지나면서 자연스럽게 우월감에 차 있는 말과 행동이 생각
을 거치지 않고 튀어나왔다. 그런 김지연을 곱게 볼 친구가 어디 있을
까. 점점 김지연을 보는 눈에 부러움과 질투가 섞이기 시작했다.

"너네 들었어? 쟤네 집 완전 부자래."

"아, 맞아. 나도 들음. 과외도 전 과목 다 붙여 준다던데."

"헐, 진짜? 그래서 항상 전교 1등인 건가……. 하, 부럽네."

"근데 걔 진짜 독하다. 오늘도 급식 먹을 때 빼고 한 번도 의자에서
안 일어난 듯."

"그건 인정. 난 저렇게 못한다."

그러나 질투가 섞인 이야기 속에서도 성적에 대해서는 다들 인정하
는 분위기였다. 김지연은 이런 상황을 즐기는 모습도 가끔 보였다.

자습 시간이었다. 9등급도 열심히 공부한다는 말이 있는 것처럼 독
서실 못지않게 조용히 모두 공부 중이었다. 시끄러운 반이었던 우리
반이 이렇게 조용해진 것은 오랜만이라 신기했다. 뿌듯한 마음에 주
위를 슬쩍 둘러보다 김지연과 눈이 마주쳤다. 평소 같았으면 휙 고개
를 돌리고 다시 공부를 시작했을 텐데 그날은 좀 달랐다. 눈동자가 살
짝 흔들렸다. 몇 초 지나지 않아 다시 공부를 시작하긴 했지만 반년
정도 같이 생활해 온 결과, 이상하다는 것을 느낌으로 알 수 있었다.
무의식적으로 궁금한 마음에 고개를 더 들고 김지연의 책상 위를 흘
낏 봤다. 작은 포스트잇 정도 크기인 종이에 열심히 내용을 요약하고
있었다. 뭐 별거 없네. 그렇게 생각하고 고개를 든 순간, 김지연과 또

눈이 마주쳤다. 아, 쳐다보지 말걸. 김지연의 얼굴이 순식간에 빨개졌다. 당황해서 허둥지둥 정리하는 모습이 의아했다. 자신의 공부비법을 알려 주기 싫은 건가. 저렇게까지 해야지 전교 1등 하나 보네. 김지연은 전교 2등과 등급 차가 줄어든 이후 더 악착같이 공부하는 모습이었다.

그날도 어김없이 나는 독서실에서 공부를 했다. 조용하지만 긴장감 있는 분위기는 올 때마다 신기했다. 다들 열심히 사는구나. 내 또래 친구들을 보며 조바심이 났고 더 열심히 해야겠다는 경쟁심도 들었다. 또 내가 독서실에 올 때마다 항상 같은 자리에서 공부하는 모습을 보면 경외심이 들기도 했다. 어떻게 집중을 저렇게 길게 할까. 백색소음이 배경 음악처럼 깔리고 가끔씩 들리는 책 넘기는 소리조차 엄청 크게 들리는 이 공간에 나도 자연스럽게 녹아들었다.

그렇게 열심히 공부하다 보면 시간이 엄청 빨리 가곤 한다. 꼭 독서실 안에서의 시간이 독서실 밖의 시간과 따로 가는 것 같다고 할까. 벌써 새벽이 되었고 조심스럽지만 빠르게 정리를 한 뒤 잠시 화장실을 다녀왔다. 나름 빨리 집에 가겠다고 종종걸음으로 돌아오는 중에 김지연을 보았다. 괜히 무슨 공부하는지 궁금해져 슬쩍 훔쳐보니 그날따라 개답지 않게 평정심을 잃어 보였다. 여러 개의 문제집과 프린트물이 마구 흩어져 있었고 저번에도 봤던 작은 종이들은 클립으로 단정히 정리되어 있었다. 김지연은 왠지 모를 고통스러운 표정으로 그 종이들을 마음에 안 든다는 듯 다 찢으며 머리를 감싸 안고 있었다. 눈치가 없었던 나는 그저 '쟤도 사람이구나.'라는 생각을 하며 그 자리를 떠났다.

순식간에 시험 당일이 되었다. 나의 모든 정신을 다 집중해서 시험을 친 뒤, 모두 머리에 손을 얹으라는 감독 선생님의 말씀과 동시에 일어나서 OMR 카드를 거두는 중이었다. 김지연 차례 때, OMR 카드를 가져오면서 걔의 팔이 살짝 부딪혔다. 그 순간 김지연의 팔 안쪽에서 바스락하는 소리와 함께 아주 작은 종이가 살짝 삐져나왔다. 김지연과 나는 얼음이 되어 서로를 몇 초 동안 쳐다봤다. 시끄러운 분위기에 휩쓸려 바보처럼 가만히 있다가 아무 말도 못한 채 선생님께 OMR 카드를 냈다.

우리 둘 말고도 그 상황을 본 사람이 또 있었다는 것을 그땐 몰랐다.

"야, 너 듣고 있어?"

대답을 하지 않던 내가 답답했는지 김지연이 추궁하듯이 물어봤다.

"어, 듣고 있어."

비밀로 해 달라는 말을 왜 저렇게 길게 하는지. 불편하고 짜증났다.

"시연아. 자, 여기 우리가 넉넉하게 넣어 뒀어. 비밀 알지? 다른 아이들한테 절대 말하면 안 된다."

갑자기 봉투를 내 손에 쥐여 주는 김지연의 어머니. 순간 드라마 속에 들어온 것 같았다.

"아뇨. 아뇨. 괜찮아요. 저 가 볼게요. 안녕히 계세요."

차에서 내리려는데 날 다시 붙잡는 김지연의 어머니. 받아라, 안 받는다. 몇 번의 실랑이를 한 뒤 겨우 나왔다. 그리고 나도 모르는 사이에 내 주머니에는 돈이 들어 있었다.

항상 공부하던 모습으로 만든 김지연의 이미지가 한 순간에 다 무너진다. 무언가 모를 배신감이 들고 모든 일에 의심이 싹텄다.

또 한편으로는 끝까지 부정행위를 한 건 아니길 바랐는데. 허탈하고 마음이 무거웠다. 거기다가 내게 돈을 주며 입막음하려 한 것, 그게 더 슬펐다. 잘못된 일을 들켰으면 반성하는 태도라도 가져야 하는 것 아닌가. 오히려 당당하게 돈으로 모든 일을 해결하려 하다니. 앞으로 남은 시험도 그런 식으로 치겠다고 말하는 것과 다르지 않았다. 하지만 나 역시 자의든 타의든 그녀의 돈을 받았다는 생각에 죄책감이 밀려왔다. 내가 부정행위를 한 것은 아니지만 그것과 관계없이 이제는 걔와 같은 사람이 된 기분이었다. 아, 이건 정말 아닌 것 같았다. 지금 당장이라도 돌려주고 싶은 마음이 들었지만 그 누구도 정말 아무도 안 볼 때 돌려줘야 했다. 역시 당당하지 못한 일은 끝마무리도 힘들다는 것을 느꼈다.

계속되는 고민을 공책에 낙서하듯 끄적였다. 이런 상황에서도 태연히 공부만 하는 김지연이 뻔뻔하게 느껴져 김지연의 뒤통수를 살짝 째려봐 줬다. 질 수 없지. 나도 이제 그만 생각해야겠어. 고개를 다시 돌리는 순간, 유원이랑 눈이 마주쳤다. 나쁜 짓을 하다 들킨 것처럼 황급히 눈을 피했다.

그러나 그 뒤로 계속해서 날 보는 시선이 느껴졌다. 몇 분 뒤 내게 이번 시간 마치고 잠깐 보자는 쪽지를 건넸다.

'너도 알지.'
'응? 뭘?'

일단 모르는 척 해야겠다. 아는 척 한다고 좋을 건 없으니까.

'김지연이 부정행위 한 거. 그날 나도 봤어.'

쟤 또 어떻게 알았지. 여기서 더 발뺌해도 절대 안 믿을 얼굴이었다.

'그래, 맞아. 알고 있어. 근데 왜 불렀는데?'

'난 이거 나만 알고 있을 수 없어. 학교에 신고를 하던지 경찰에 신고하던지 할 거야. 너도 나랑 같이 하자.'

'……'

신고하자고? 곧바로 대답을 할 수 없었다. 아직까지 김지연네에서 받은 돈을 돌려주지 못했기 때문에 양심에 찔렸다. 돈을 어떻게든 받지 않았다 해도 나뿐만 아니라 저 상황에서 바로 그러자고 할 사람은 없지 않을까. 또한 증거도 없을 뿐더러 역으로 신고 당할까 봐 무서웠고 큰일이어서 용기가 안 났다.

"너 설마 그냥 가만히 있을 건 아니지? 네가 말 안 할 거면 난 혼자라도 말할 거야. 생각 더 해 보고 신고할 거면 나한테 연락해. 오늘이 10일이니까 이번 달까지 말 안 하면 안 하는 걸로 알게."

오늘부터 21일 남았다.

적극적으로 행동하려는 유원이를 보며 나도 이렇게 있으면 안 되겠다는 생각이 들었다. 돈을 돌려주겠다는 결정은 확실해졌지만 신고를 할 정도의 용기는 나지 않았다. 신고했다가 나에게도 악영향이 갈까 그 두려움이 더 컸다. 내 결론은 일단 돈을 돌려준 다음, 김지연에게 자수하라고 말하는 것이었다. 무턱대고 신고하는 것보다 내 선에서 할 수 있는 방법을 다 해 본 다음 신고를 하는 것이 더 좋지 않을까.

정말 말도 안 되는 일이라고 생각할 수 있겠지만 김지연도 죄책감을 가지고 은연중에 사실을 밝힐 생각을 한 번쯤은 하지 않았을까. 일말의 희망을 가지고 자수를 권하기로 결심했다. 하교 후에는 김지연의 부모님이 바로 데리러 오시고 쉬는 시간은 짧으니 점심시간을 노려보기로 했다. 유원이가 신고하기 전 김지연의 생각을 바꿀 수 있을까.

D-19

오늘도 역시나 김지연은 점심시간에 홀로 앉아 공부하고 있었다. 조용히 김지연을 부르니, 떨떠름한 표정으로 날 쳐다봤다. 안 나올 것처럼 쳐다보더니 자기도 잘못한 것이 있는 걸 아는지 부르니까 바로 오긴 했다. 이제 시작이다.

"왜 불렀는데? 웬만하면 학교에서 따로 부르지 마."

김지연은 누가 들을까 봐 최대한 속삭였다.

"이거 돌려주려고."

받은 돈을 넣은 봉투를 돌려주며 나도 김지연을 따라 속삭였다.

"… 이거 네 거잖아."

"이거 받는 건 진짜 아닌 거 같아서. 근데 너 지금 겁나지. 내가 돈 돌려주고 신고할까 봐."

빨리 말 돌리자. 이 생각밖에 없었다.

"……. 뭔 소리야. 그런 소리 할 거면 간다."

떨리는 목소리, 당황했나 보다.

"너 지금 겁나잖아. 다 밝혀질까 봐. 신경 쓰이면 사실대로 말하는 게 어때."

몰라. 일단 뱉었다. 겉으로는 여유로워 보이지만 심장이 터질 것 같았다.

"네 맘대로 생각하지 마."

저 말을 끝으로 김지연은 정말 뒤돌아서 교실로 향했다. 아, 지금 가면 안 되는데. 붙잡아야 되는데. 다급히 말을 이었다.

"너. 나만 알고 있다고 생각해?"

"뭐?"

김지연이 걸음을 멈췄다. 유원이가 이 일을 알고 있다는 것은 아직 모르나 보다. 예상치 못한 말에 놀란 표정을 하고 날 다시 쳐다봤다. 내가 한 말이 믿기지 않겠지. 김지연이 미간을 찌푸렸다.

"소문 퍼지기 시작했어. 전교생이 다 아는 건 시간문제야."

"……. 네가 소문낸 거 아니고?"

"내가 알리려고 했으면 선생님께 말했을 거야."

"……. 됐고, 너만 조용히 하면 돼."

오늘 내가 세게 말했으니 저렇게 말해도 집에 가서 생각해 보지 않을까. 사람은 쉽게 변하지 않는다는 것을 알지만 이번만큼은 그랬으면 좋겠다고 생각했다.

D-15

김지연이 학교 마치고 나를 불렀다. 빈 교실에 내가 도착하자마자 하고 싶었던 말을 시작했다. 자신의 두 손으로 내 손을 붙잡았다. 얘가 왜 이러지. 당황스럽고 부담스러웠다.

"너 나한테 그때 너 말고도 다른 사람 알고 있다는 거 진짜야?"

"응. 내가 왜 거짓말을 하니."

"걔가 누군데? 걔가 막 얘기하고 다닐 거 같아? 혹시 벌써 다 얘기했니? 신고했어?"

"……."

그 어떤 것도 쉽게 말할 수가 없었다. 할 말이 없어 어쩔 수 없이 김지연의 눈을 피하게 되었다.

"시연아. 제발……."

김지연과 어울리지 않는 애절한 목소리에 눈을 마주 보니 김지연의 눈에 눈물이 순식간에 고였다. 곧바로 눈물이 한 방울씩 떨어지다 눈에서 흘러넘쳤다.

"왜 그랬어. 그러지 말지……."

나도 모르게 진심이 튀어나왔다.

"전교 1등이 너무 하고 싶었어. 근데 노력만으로는 안 될 것 같고…."

지연이도 속마음을 내게 말했다. 어떤 말을 해야 할까 고민하다 조심스럽게 다시 한 번 사실대로 말하는 것을 권했다. 이런 나의 말에 대답은 없었지만 고민하고 있음이 충분히 느껴졌다.

D-13

그 뒤로 김지연은 부정행위에 대해 생각을 많이 하는 듯했다. 그와 관련해서 소문이 퍼지기 시작한다면, 물론 소문이 아니고 진실이지만, 전교생 뿐 아니라 오버해서 전 국민에게 다 퍼지는 것은 시간문제니까 마음이 조급해졌을지도 모른다. 또한 그 후의 아무도 자신의 변명을 듣지 않을 것이라는 것도 예상했겠지.

 수업 시간에 한 번도 빠지지 않았던 김지연은 잦은 조퇴와 함께 날이 갈수록 살이 빠지고 있었다. 공부는 체력이라는 말처럼 급식도 남기지 않고 다 먹는 버릇을 했던 것도 몇 입만 먹고 가장 먼저 급식실에서 나갔다. 가장 중요한 공부도 전처럼 집중하지 못하는 모습이었다. 심지어 수업 시간에 엎드려 있기도 했다. 선생님들은 의아한 표정으로 쳐다보긴 했지만 앞에서는 크게 입을 대진 않았다. 하지만 오가는 친구들의 말을 들으면 교무실에서는 김지연의 이야기가 학생들만큼 큰 화제인 것 같았다. 아무래도 김지연이 전교 1등이다 보니 그럴 수밖에. 며칠 전에 학교 마치고 담임 선생님께서 김지연을 부르는 것 같았는데 학교가 조용한 걸 보니 선생님께 사실을 말하진 않은 것 같았다.

 원래 김지연에 대한 모습을 떠올리자면 당참, 노력, 끈기와 같은 열정적인 단어가 생각났다. 하지만 요즘은 그를 감싸고 있는 걱정과 체념이 먼저 보였다. 이렇게 180도 달라진 모습이 이어지자 김지연을 걱정하는 아이들도 생겨나고 있었다. 가끔씩 나도 나 같아도 이때까지 쌓아 온 나름의 커리어를 다 포기해야 한다면 웃음도 희망도 생기지 않을 것 같다는 생각이 들었다. 내 코가 석자인 상황에 자꾸만 김지연의 감정에 공감하는 내 스스로가 어이없기도 했다.

D-5

김지연이 말했다.

"시연아 미안해. 처음부터 밝혔어야 됐는데. 괜히 이 일을 알게 된 너한테 조용히 하라고……."

시연이? 우리 학년에 시연이는 나밖에 없는데 누구한테 말하는 거지. 다른 학년인가. 빈 교실에서 누군가의 목소리가 들려왔다. 밖에서 슬쩍 엿들었다.

"아, 다시. 이게 아닌데……. 시연이 앞에서 제대로 말할 수 있을까."

김지연…? 긴가민가하는 마음에 반에 더 가까이 가봤다. 들킬까 싶어 쪼그려 앉아 고개만 살짝 들었다. 진짜 김지연이잖아? 순간 놀라서 그냥 김지연 이름을 부를 뻔했다. 그 후로 조금 더 들어보지만 계속 말했던 부분만 반복했다. 내가 듣고 있는 것을 알아챈 건가. 갑자기 조용해졌다. 얼른 가야겠다 싶어 발을 돌리는데, 김지연이 울었다. 나처럼 쪼그려 앉아서 울었다. 소리가 교무실까지 울릴까 싶어 입을 막았다. 뭐가 그렇게 서러운지 울음이 멈추지 않는 듯했다. 이성적이게 판단해야 하는데 자꾸 동정심이 들었다. 괜히 본 것 같았다. 내일 유원이한테 신고 미뤄 달라고 말해 볼까.

D-4

내가 찾아가기 전, 유원이가 먼저 날 찾아왔다.

"너 신고 안 할 생각이구나. 생각할 시간은 충분했는데 나한테 안 찾아오더라. 실망이야."

"응, 아직은. 나도 너한테 할 말 있는데."

이렇게 바로 말하게 될 줄은 몰랐는데. 얘는 왜 이렇게 빨리 찾아온 거야. 내가 얘한테 신고 늦춰 달라고 말하면 뭐라고 할까.

"할 말이 뭔데?"

"본론부터 말하면 신고하는 거 조금만 기다려 줬으면 좋겠어. 김지연이 자수를 생각하고 있는 거 같아. 만약에 밝혀질 거면 자기 입으로 말하는 게 더 좋을 거 같은데. 네 생각은 어때?"

내가 이렇게 말할 걸 예측했다는 듯, 살짝 웃으며 미묘한 표정을 지었다.

"자기 입으로 밝히는 게 가장 좋긴 하지. 근데 걔가 자수 안 할 수도 있잖아. 우리 곧 시험 기간이야. 기회는 지금뿐이라고. 너도 요즘 봤다시피 김지연 요즘 분위기 자체가 다르잖아. 예전에 보이던 열정적인 모습 대신 다 놓은 듯한 모습이야."

"그건 그래. 미룬다고 하면 며칠 정도 생각해?"

"음, 일주일 정도 어때?"

"그래. 일주일 뒤에도 똑같으면 그땐 안 기다려."

유원이도 김지연의 낌새를 눈치챘는지 길게 끌지 않고 바로 동의했다.

"그래. 그렇게 되면 나도 같이 신고할게."

D-day

오늘은 원래대로라면 김지연의 비밀이 학교에 알려지는 날이었다. 하지만 여러 가지 이유들로 일주일 미뤄진 덕분에 조용했다. 그리고 예상대로 김지연이 찾아왔다.

"늦었을 수도 있지만 사과하려고 불렀어. 잘못은 내가 하고 네게 입 막음하려고 한 것 정말 미안해. 이 일을 어떻게든 해결하려고 이용한 돈이 널 더 혼란스럽게 만들었을 거라고 생각해. 내가 지금 하는 말이 다 변명으로 들리겠지만 전교 1등이 너무 간절해서 그래서 진실은 별로 중요하지 않다고 생각했어."

　울면 안 된다고 생각했는지 김지연은 눈물이 차오를 때마다 입술을 꽉 깨물었다. 분명 내게 진심을 담아 잘 전하고 있고 그게 느껴지는데 나는 김지연의 첫 고백을 몰래 훔쳐 들었을 때보다 기분이 이상했다. 후련하면서도 답답했다. 그러고 난 '지금 잘하고 있는 걸까'라는 생각이 들었다. 내게 사과를 하면 내게 돈을 주며 협박 아닌 협박을 한 것도, 시험지 유출에 대한 죄책감도, 모두 없어지는 걸까. 내가 원하던 결과인가. 전혀 아니었다. 사실대로 말한 다음 자퇴하고 이 동네에 다시는 안 온다고 해결될 문제가 아니었다. 김지연의 말이 끝나고 쉽사리 말이 떨어지지 않았다. 긴장감 있는 공기가 우리 둘을 감쌌다. 어떤 말도 바로 이어지지 못한 채 주변 새소리만 가득했다. 그러다 이 순간이 내가 하고 싶은 말을 할 마지막 기회라는 생각에 고민 끝에 입을 떼어 봤다. 나에게만 하는 사과는 의미가 없다고. 대답할 말을 못 찾았는지 그저 고개를 숙였다.

　D+1

　결국 김지연은 사실을 말하고 자퇴했다. 그리고 종례 시간에 방송이 시작되었다. 지필고사 부정행위에 대한 이야기를 구구절절한 뒤 마지막에 김지연이 쓴 사과의 편지를 읽었다.

　'2학년 10반 1번 김지연입니다. 저는 2020년 1학기 중간, 기말고사 때 부정행위로 높은 점수를 받았습니다. 영어 단어 시험 전, 눈치 보며 책상에 몰래 단어를 쓴 부정행위의 시작이 지필고사까지 이어질지는 예상하지 못했습니다. 부정 시험을 친 첫날 이 후, 다시 정정당당한 시험을 치기 위한 시도가 몇 번 있었지만 이미 부정행위 없이는 전교 1등을 하지 못할 것 같은 불안함이 제 마음속 깊이 자리 잡았습니다.

그렇게 저의 욕심 때문에 당당하지 못한 행동이 계속 이어졌고 그것을 진심으로 반성하고 후회하고 있습니다. 이 글을 쓰는 이유도 자퇴를 하고 도망치듯 학교를 나가는 것은 제대로 된 반성이 아닌 것 같았기 때문입니다. 학생들과 선생님을 포함해서 저의 부정행위로 피해를 입은 모든 분들께 사과하고 싶습니다. 또한 학교 전체를 저 때문에 시끄럽게 만들어서 죄송합니다. 욕심에 눈이 멀어 진실을 중요하게 생각하지 않았습니다. 앞으로는 진실을 모른 채하지 않으며 또한 이 일에 대해서 계속 반성하는 마음을 가지겠습니다. 다시 한 번, 저의 욕심 때문에 피해를 입은 모든 분들께 정말 죄송하고 반성하겠습니다.'

김지연이 없는 공간에서 김지연이 아닌 다른 사람의 입으로 사과를 들었다. 김지연이 학교를 나간다고 모든 일이 해결되는 것은 아니었다. 남아있는 우리들은 서로에 대한 신뢰가 바닥까지 내려갔다. 이 상태에서 어떻게 예전과 같이 학교를 다닐 수 있을까. 그 뒤 있는 시험에서 갑자기 성적이 오르거나, 전교 1등과 같은 상위권 아이들은 예전처럼 부러움의 대상보다는 의심의 대상이 되는 상황.

"어? 저기 김지연이다!"

그 한마디에 반 아이들 모두가 창가에 모여들었다. 그리고 자기들끼리 쑥덕대기 시작했다. 웅성거리는 소리가 점점 커지고 분위기가 과열될 때쯤 빨리 자리에 앉으라는 소리와 함께 선생님께서 오셨다. 자리로 하나 둘 친구들이 돌아간 뒤 나는 한 번 더 뒷모습을 쳐다봤다.
유난히 김지연의 그림자가 길고 어둡게 보이는 듯했다.

Chapter 2

멀지 않은
시간 으로부터
온 편지

아스라이

- 장 예 령

편지가 도착했다.

우리 집으로 편지가 도착했다.

낱개의 편지가 모인 편지 뭉텅이가 하얀 천에 묶여 도착했다. 하늘엔 먹구름이 끼어 있어 먹색의 비가 내릴 것만 같았다. 편지를 이리저리 살펴보니 누가 봐도 아주 낡은 편지 봉투와 편지지였다. 땅에 묻혀 있던 것인지, 비를 맞았던 것인지는 모르겠지만 종이가 물에 젖었었나 보다. 편지들, 편지들을 묶어 놓은 하얀 천 모두 얼룩덜룩한 것이 강아지가 비를 맞아 꼬질꼬질한 듯 꼴이 말이 아니다. 우편 스티커도 붙어있지 않았고 보낸 사람의 주소도 적혀있지 않았다. 그렇다면 이 편지들은 왜 우리 집으로 도착한 걸까? 열어 본다면 답을 찾을 수 있겠지만 난 정체 모를 그 편지가 조금은 두려웠다. 두려움을 참아 내고 하얀 천을 풀어냈다. 제일 위에 있는 첫 번째 편지를 집어 들어 펼쳐 보았다.

1930년 6월 17일

일본군한테 끌려온 지 얼마나 되었는지는 모르겠지만 시간이 한참 지난 것 같다.

나와 명애는 어제 저녁 일본군의 눈을 피해 빠져나왔다. 그곳을 빠져나가다 죽는 소녀들도 많이 봤기에 너무 무서웠다. 그치만 집에는 엄마와 우리 집 강아지 누렁이가 기다리고 있다.

1930년 7월 2일

오늘 명애가 다쳤다. 해가 지고 있었고 주변은 점점 어두워져 길이 잘 보이지 않았다. 바닥의 돌부리를 미처 발견하지 못하고 걸려 넘어진 것 같았다. 놀라서 달려가 살펴보니 피가 나고 있었다. 다리가 아프다고 했었는데 괜히 나 혼자 급한 마음에 빨리 걷다가 명애가 다친 것 같아 미안했다. 명애를 부축해 근처 강으로 내려갔다. 물로 모래가 묻은 다리를 헹궈 주고 마침 들고 있던 손수건으로 다친 부분을 감싸 줬다. 고맙다고 말하는 명애에게 자꾸만 미안해서 마음이 쓰였다. 내가 미안해하는 마음이 명애에게까지도 느껴졌는지 명애는 그래도 우리가 같이 있어서 다행이고 너무 좋다고 말해 주었다.

1930년 8월 9일

길을 가다가 강아지를 봤다. 그 강아지도 우리처럼 혼자인 것 같았다. 그 강아지를 보니 우리 집 누렁이가 생각나 얼른 집에 가서 꼭 안아주고 싶다는 생각도 했다. 명애에게 "저 강아지도 혼자인가 보다."라고 말하자 명애는 "우리가 왜 혼자니? 우리는 둘이잖아. 저 강아지는 혼자여도 우리는 둘이야. 우린 저 강아지보다 힘이 더 강해. 빨리 가자. 얼른 가서 누렁이 봐야지. 우리는 둘이니까 뭐든지 할 수 있어."라고 말해주었다. 명애의 한 마디에 없던 힘이 솟아오르는 느낌이 들었다.

그날 저녁 불을 끄고 눈을 감았더니 자꾸 이상한 소리가 들렸다.

누가 다정한 말투로 누군가를 부른다. 또 바람이 세차게 불어 나뭇가지들끼리 부딪히는 소리와 목소리가 섞이게 아주 다급한 말투로 나를 부른다. 내 이름은 명애가 아닌데 자꾸 명애를 찾는다. 하지만 난 어딘가 듣기 좋은 이름 '명애'에 그 목소리를 가만히 듣고 있었다. 명애를 부르는 목소리가 점점 들리지 않게 되다가 아예 들리지 않게 되었다. 그러다 갑자기 누가 날 부르며 흔들어 깨웠다. 아까 명애를 부르던 아이의 목소리였다. 그 아이는 내 어깨를 흔들며 "명애야! 명애야 일어나 봐!"하고 말했다. 눈을 떠 보니 웬 다 낡은 한복을 입고 머리를 한 가닥으로 땋고 있는 아이가 날 보며 말했다.

"명애야, 일어나서 다행이다. 얼른 가자! 빨리 안 가면 우리 또 잡힐지도 몰라!"

나는 이게 무슨 영문인가 싶어

"내가, 명애라고?" 하고 질문을 던지니

"응. 네가 명애인데? 잠깐 자고 일어난다더니 아직 정신이 안 드는 거니?"라는 대답이 돌아왔다. 내가 왜 명애지? 내가 명애일 리가 없는데. 나는 명애가 아닌데 나에게 명애라고 하는 아이의 말에 허공을 쳐다보며 생각을 하다가 얼른 가지 않으면 또 잡힌다는 아이의 다급했던 말이 생각나 우리가 어디로 가는지를 물어보았더니 그 아이는 뒤에서 일본 군인들이 쫓아오고 있다고 말했다. 일단 얼른 뛰자며 손을 내미는 아이의 손을 잡고 일어나 그 아이가 가는 곳으로 따라 뛰어갔다. 너무 오래 걷고 뛰기까지 해서 그런지 다리가 점점 아파왔다.

"우리 여기서 조금만 쉬자."

"저기 절벽이 있으니 저기까지 가서 우리 잠깐 쉬자. 시간이 많지 않으니까."

다리가 아팠지만 조금만 걸으면 절벽이 있다 하니 나는 있는 힘을 다 짜서 걸었다. 우리는 절벽 근처에 도착했고 초록빛이 무성한 잔디밭에 앉았다. 앉아서 여러 이야기를 하다 보니 말이 잘 통하는 그 아이의 이름을 모른다는 생각이 들어 질문을 했다.

"근데 네 이름은 뭐야?"

"나? 명애야, 나 소이잖아. 너 아직 잠에서 덜 깼구나? 이젠 까먹지 말고."라며 웃음을 흘렸다.

우린 다시 길을 나섰다. 여기엔 정말 아무것도 없다. 사람도 살지 않았다. 집이 몇 채 있긴 하나 사는 사람이 없다. 해는 점점 지며 노을의 붉은 빛만이 눈에 아른거렸다. 주변이 어두워진 바람에 바닥의 돌부리를 발견하지 못하고 걸려 넘어져 버렸다. 아까부터 아프던 다리가 더 아팠다. 소이가 나를 부축하며 근처 개울로 내려갔다. 소이는 물로 모래가 묻은 다리를 헹궈 주고 마침 들고 있던 손수건으로 다친 부분을 감싸 주었다. 은혜를 어떻게 갚을지 몰라 고맙다고 여러 번을 말해도 소이는 그냥 웃으며 "아니야."라고만 말했다. 매번 나만 도움을 받는 것 같아서 미안했다. 상처 부위를 치료한 뒤 개울물을 떠서 마셨다. 물맛이 이렇게 좋았나 싶을 정도로 아주 달았다. 개울 옆에 있는 나무에서 오디도 따먹었다. 우리의 손은 보라색으로 물들었고 물에 씻어도 도무지 씻기지 않는 손에 든 물과 함께 노을을 바라보았다.

"소이야, 이렇게 손을 쫙 펴서 하늘로 갖다 대 봐. 아주 예뻐."

"와, 보랏빛으로 물든 우리의 손과 빨갛고 예쁜 하늘이 참 잘 어울린다."

"예쁜 하늘은 곧 져 버려. 그러니 얼른 눈에 담자."

"응. 근데 그 말이 정말 슬픈 것 같아."

"무슨 말?"

"예쁜 하늘이 곧 져 버릴 거란 말. 예쁜 것들은 다 빨리 사라지는 게 너무 슬퍼."

"그렇지만 노을도 그렇고 모든 예쁜 것들은 또다시 볼 수 있잖아. 또 보면 되는 거지. 또다시 나타나니까."

슬픈 표정으로 말하는 소이를 위로해 준다 치고 예쁜 모든 것들은 또다시 볼 수 있다며 말을 해줬다. 내 말을 알아들은 건지 입가에 미소를 지으며 고개를 끄덕이는 소이가 예쁘다. 정말 이젠 이 세상에 둘도 없는 친한 친구가 되어 버린 것만 같다. 지금의 내 가족이나 다름이 없다. 행복하면서도 소이만은 노을처럼 빨리 없어지지 않았으면 좋겠다고 생각했다. 또다시 볼 수 있어도. 그냥 사라지지 않고 언제나 함께였으면 좋겠다고 생각했다. 소이도 그렇게 생각했는지 나를 보며 싱긋 웃음을 지었다. 나는 소이의 손을 꼭 잡고 말했다.

"지금부터 우리 약속하는 거야."

"약속? 무슨 약속?"

"시간이 지나도 우리 헤어지지 말고 오래오래 함께하자는 약속."

"에이, 뭐 그런 걸 약속하니? 그렇게 당연한 것을."

"정말? 정말이다? 약속한 거다?"

"그럼 당연하지."

나만 그렇게 생각하고 있는 것이 아니었기에 마음이 한결 놓였다. 우린 아주 특별한 사이다. 만난 지는 얼마 되지 않았지만 서로 없으면 안 될 서로에게 아주 특별한 사이다.

그러고는 개울 옆 돌에 기대 누워 잠시 잠들었다. 눈을 떠 보니 다시 해가 뜨고 있다. 빨리 일어나 출발을 해야 우리 집으로 돌아가는 날짜도 빨리 다가온다는 사실을 우리 모두 알고 있기 때문에 우리는 얼른 다시 출발하기로 했다.

길을 가다가 강아지 한 마리를 보았다. 그 강아지도 혼자였다. 강아지가 걸어오는 모습이 마치 우리 같아서 그 강아지가 새로운 친구처럼 느껴졌다.

"애, 명애야. 우리 집에도 강아지 있다?"

"정말? 이 강아지보다 귀엽니?"

"당연하지. 이 강아지보다 훨씬 귀여워. 우리 집 강아지 이름은 누렁인데 이 강아지랑 정말 닮았어. 그래서 우리 집 누렁이가 자꾸 생각나."

"누렁이 보러 얼른 집에 가자."

"응. 그런데 이 강아지도 우리처럼 혼자인가 봐."

"우리가 왜 혼자니? 우리는 둘이잖아. 어제 약속도 했고 말이야. 저 강아지는 혼자여도 우리는 둘이야. 우린 저 강아지보다 힘이 더 강해. 빨리 가자. 얼른 가서 누렁이 봐야지. 우리는 둘이니까 뭐든지 할 수 있어."

소이는 강아지가 자신처럼 혼자라고 느낀 것 같았다. 소이의 마음을 다독여 주기 위해 또 도움이 될 만한 말을 해 줬다. 물론 도움이 될지는 모르겠지만 말이다. 한 명이 힘들어한다고 나머지 한 명도 같이 슬퍼하면 그 사람들은 무엇이든 해낼 수 없다. 한 명이 슬퍼하면 또 다른 한 명은 위로해 주고 함께 하자고 도와줘야 한다. 이런 일들은 혼자 못하는 일이다. 그렇지만 우리는 둘이니까. 뭐든 해낼 수 있다고 생각했다. 시간이 지날수록 소이는 지쳐갔다. 도움이 되고 싶었다. 나도 힘들지만 이럴 때일수록 힘을 내야 하니까 나까지 지치지 않으려고 노력했다. 지금 상황에 나 혼자만 있었다면 어땠을까 하고 생각을 했다. 상상하기도 싫었다. 소이와 약속한 대로 오래오래 함께하고 싶다는 생각을 다시 한 번 했다.

1930년 8월 16일

이상한 아저씨들이 우리를 쫓아온다. 총을 들고 따라온다. 무섭다. 뒤에서 누군가 따라옴을 느낀 지 벌써 이틀째. 우리를 보면서 손가락으로 가리키기도 하고 알아듣지 못할 이상한 말들도 한다. 아마 일본군들이 우리를 따라오는 것 같다.

이틀 정도 전부터 낯선 사람들이 우리를 따라오는 게 느껴졌다. 처음엔 그냥 지나가는 사람들이겠거니 했지만 자꾸 우리를 쳐다보고 우리를 보며 웃어 대고 또 우리를 보면서 우리말과는 다른 말을 했다. 소이가 말했다. 일본군이 아니냐고. 나도 짐작은 했지만 정말 일본군이라 생각하니 다리가 떨리고 팔이 떨리는 기분이 들었다. 우리를 자꾸 쳐다보는 게 이상하다 싶었는데 오늘 오후엔 거리를 유지해서 우리를 따라오던 일본군들이 거리를 확 좁혀서 우리를 따라왔다. 우리가 걸음을 빨리하면 일본군들도 걸음을 빨리하고 우리가 다시 천천히 걸으면 일본군들도 천천히 걸어 우리를 쫓아왔다.

"아무래도 우리를 따라오는 게 맞는 것 같아."

"우리 저기 저 옥수수밭으로 뛰어가는 게 어때?"

"응. 그러자."

혹여나 들킬까 소이와 아주 작은 목소리로 일본군들을 피할 작전을 세웠다. 우리는 그 자리에서 잠깐 쉬었다. 일본군들도 우리가 쉬는 것을 본 건지 잠깐 휴식을 취했다. 그러다 일본군이 잠깐 눈을 돌렸을 때 옥수수밭으로 냅다 달렸다. 멀리서 봐도 정말 넓은 옥수수밭이었는데 그 안으로 들어가니 미로나 다름이 없었다. 내 키만 한 옥수숫대가 하늘을 가려 햇빛이 들어오지 않아서 우리는 어두컴컴한 옥수수 사이를 헤쳐가며 뛰었다. 뛰는 게 너무 힘들었다. 옆을 봐도 앞을 봐도 옥수숫대만 보이고 그 속을 헤치고 나가는 것조차도 너무 힘들었다. 그러나 소이의 손만은 절대 놓치지 않았다. 오래오래 함께 하기로 약속했으니까.

뒤에선 며칠간 우리를 쫓던 일본군들의 다급한 소리와 발소리가 들렸다. 알아듣지 못할 말로 소리를 지르고 엄청난 속도로 우리를 따라왔다. 한참 뛰다 멈추니 이곳이 도대체 어딘지 알 수가 없었다. 왔던 길을 돌아가는 일은 너무 위험하다고 생각한 우리는 옆쪽 길로 빠져나갔다. 주위를 살펴보니 다행히 일본군은 보이지 않았고 몸을 살펴보니 뛰어오며 가시에 긁히고 벌레에게 물려 엉망인 팔과 다리가 보였다. 바위에 앉아 숨을 고르고 있는데 옥수수밭 안에서 '탕' 하는 총소리가 났다. 왼쪽에서 나는 총소리인 줄 알았으나 오른쪽에서도 총소리가 났다. 소이의 팔을 잡고 주위를 살펴보니 순식간에 일본군이 우리 주위를 감쌌다. 분명 우리를 쫓던 일본군은 두 명이었는데 일본 군인들의 수가 더 늘어나 있었다. 총과 칼을 손에 쥐고 있는 일본군을 보니 몸이 파르르 떨렸다. 이 상황을 빨리 벗어날 수 있는 방법을 찾으려고 노력해 보았지만 벗어날 수 있는 방법은 없었다. 정말 단 하나도 없었다.

우리가 총에 쏘여 죽더라도 일본군의 손아귀에서 벗어날 수는 없었다. 그때 소이가 앞으로 나가 내 앞을 가로막았다. 아주 용감해 보였다. 하지만 나는 보았다. 소이의 몸이 떨리고 있는 것을. 양 사방이 일본군으로 둘러싸여 있고, 일본군들은 총과 칼을 들고 있는데 안 무서울 수가 없었다.

그 순간 내 눈에서 눈물 한 방울이 뺨을 타고 흘러내렸다. 눈물이 흐른 이유는 이 상황이 무서워서 눈물이 났거나 내 앞을 막고 있는 소이 때문에 눈물이 났거나. 그러나 두 가지 이유 중 하나인 것은 확실했다.

소이가 나의 손을 잡았다.

"너, 내가 묶어준 손수건, 그거 절대 잃어버리지 마."

가슴속에서 백만 가지의 감정들이 섞이며 몸이 이상한 느낌이 들었다. 대답을 해야 하는데 목소리가 나오질 않는다. 그래도 떨리고 있는 손은 절대 놓지 않는다. 나는 소이의 손을 더 꽉 잡았다. 고맙다는 말을 하고 싶지만 할 수가 없었다. 눈은 감은 건지 뜬 건지 알 수 없고,

눈앞은 회색과 검은색이 섞여 마치 재 가루를 뿌린 것 같았다. 나와 소이의 상황 같았다. 지금 당장은 앞이 보이지 않는 이 상황. 앞이 보이지도 않고 앞으로 어떻게 될지도 모르는 이 무서운 상황. 곧 쓰러질 것만 같은 기분이 들었다. 소이에게는 아직 하지 못한 말들이 많은데 아무 말도 못 하고 있는, 소이의 얼굴을 보지 못하는 내가 원망스러웠다. 눈에서는 뜨거운 눈물이 흘렀고 난 소이의 손을 놓아 버리고 눈을 비볐다. 손을 놓고 눈을 비비자마자 내 귀에 '탕' 총소리가 꽂혔다.

나는 그대로 주저앉아 버렸다. 잡고 있던 소이의 손을 놓았으면 안 됐다. 소이의 손을 놓아 버렸다. 소이의 마지막 온기를 느끼지도 못하고 손을 놓아 버렸다. 절망적인 순간이었다. 나는 소이와의 약속을 지키지 못한 거짓말쟁이가 되고 말았다. 머리가 아프고 귀에선 잡음이 들렸다. 그제야 눈앞으로 소이와 행복했던 순간의 장면들이 지나가기 시작했다. 강아지를 만졌던 일, 다친 나에게 손수건을 묶어준 일, 오디를 따먹다 손에 오디 물이 들었던 일. 그렇게 점점 시야는 흐려졌고 이제는 보이지도 들리지도 않게 되었다.

눈을 떠보니 방 천장이 보였다. 벌떡 일어나 소이를 불렀지만 소이는 없었다. 눈물이 흘러 베개는 흠뻑 젖어 있고 눈도 빨개져 있었다. 소이가 생각나고 잊었던 일들이 생생하게 생각이 났다. 그리고 어제 읽다 만 편지가 생각나 벌떡 일어나서 서랍을 다급하게 뒤졌다. 자기 전에 읽은 편지의 내용과 꿈에서 겪은 일들이 모두 같았고 편지에 나오는 인물의 이름도 명애였던 것이 기억났다. 또 다른 편지들을 꺼내서 읽어보니 우리가 사소하게 겪었던 일들과 소이가 모두 쓴 편지들 사이에 소이가 죽은 후 명애 혼자 쓴 마지막 편지가 보였다. 편지지를

든 손이 떨리며 종이가 얇게 떨리는 소리가 났고 온몸에는 한기가 들
며 소름이 돋았다. 눈에서는 세상에서 가장 뜨겁고 울컥한 눈물이 흘
러내렸다. 편지를 하나하나 읽어 보았다. 내가 꿈에서 느낀 감정과 같
았다. 오늘 내가 꾼 꿈이 정말 있었던 일일지도 모르겠다는 생각이 들
며 편지들을 다시 모아 봉투에 넣는데 봉투 안으로 손을 넣으니 천 조
각이 만져졌다. 그 천을 꺼냈다. 손수건이었다. 그냥 손수건이 아니었
다. 내가 넘어져 다쳤을 때 소이가 내 다리에 직접 감싸준 손수건이었
다. 온몸에 소름이 쫙 돋았다. 소이가 생각났다. 나도 모르게 눈물이
났다. 이젠 정말 이 일이 꿈이 아니라는 생각이 확실하게 들었다. 애
초에 우리 집으로 배달된 편지부터 오늘 꾼 아주 생생한 꿈. 그리고
여기, 내가 들고 있는 손수건까지. 정말 있었던 일인 것이 확실했다.

그리고 며칠, 몇 달 동안 편지들을 보낸 사람을 찾아다녔고 겨울이
되었지만 결국 그 사람은 찾지 못했다. 그렇게 한 달을 더 보내고 나
니 편지 한 통이 또다시 도착했다.

명애야, 안녕? 나 소이야.

*네가 나를 기억하는지는 모르겠지만 내가 아직 널 생각하고 있다는
것만 알아줬으면 좋겠어. 네가 그때 약속하자고 했던 거 기억나? 우리
오래오래 함께하자고 그랬었잖아. 너 그 약속 못 지킨 거 아니야. 난 네
가 그 약속 충분히 지켰다고 생각해. 우리 정말 좋은 친구였다. 그치?
물론 지금도 그렇고. 난 아직도 네가 나의 특별하고 없어서는 안 될 존
재라고 생각해. 이렇게 떨어져 있어도 마음만은 언제까지나 함께인 거
알지? 네가 내 친구라서 참 좋다!*

이젠 마냥 슬프지만은 않았다. 나의 가장 멋진 친구 소이가 어디서나 날 지켜보고 있으니까. 편지를 다시 접어 봉투에 넣고 창밖을 내다보니 핑크빛 벚꽃이 흩날리고 있었다. 현실 같았던 여름날의 꿈에서 꽃 같은 두 소녀의 잠시나마 함께해서 행복했다면 행복했을 일생을 봄에 또다시 느끼게 되었다.

벚꽃이 흩날리는 봄밤의 소중한 꿈이었다.

안부(安否)

- 박주은

편지를 썼다.

답장이 오지 않는 편지일 것을 알면서도 편지를 받았으면 답장을 해야 할 것을 알기에, 혹여나 내 모습을 볼까 매무시를 단정히 하고 아무도 없는 집 의자에 앉아 색이 바랜 편지지를 꺼내었다. 찔리면 빨간 피가 방울방울 맺힐 정도로 날카롭게 깎은 연필심으로 종이 위에 '연우에게'라고 적었다. 연필이 몇 번 사각사각 움직이다가 이내 소리를 멈추었다. 편지지 맨 위에 그녀의 이름을 적어 내리고 나서 혜서는 그 편지를 한동안 고요하게 바라보았다.

하늘에서 내리쬐는 강한 햇빛이 살짝 열어 놓은 창문 사이로 들어와 너의 이름을 유난히 더 밝게 비춰 주었다. 해주고 싶었던 말, 하고 싶었던 말이 무척이나 많았으나 막상 너에게 편지를 적으려 하니 또 쉽게 글씨가 쓰이지 않았다.

5년이라는 꽤 많은 시간이 흘렀지만 혜서가 제대로 된 잠을 자본 적은 거의 없었다. 벌써 5년이나 지났다. 혜서는 일상생활을 지내는 내내 연우의 모습이 눈에 아른거렸다. 한참이나 잠이 오지 않아 이불 속을 뒤척이고 있으면서도 연우의 목소리를 들으며 잠을 청하면 눈이 스르르 감기며 잠이 잘 왔다. 하지만 지금, 연우가 없는 이곳에서 혼자 이 노래를 불러 봤자 눈물만 더 흐를 뿐 오히려 잠이 더 달아났다. 아직 다 펼치지 못한 채 내버려 둔 자신의 짐을 혜서는 바라보기만 한다. 벌써 몇 년째 풀지 못하고 있다. 풀면 지옥의 순간이 다시금 생각나게 될까 봐 두려웠다. 유난히 잠이 오지 않는 밤에 혜서는 다짐했다는 듯 숨을 한 번 크게 내쉬며 꽁꽁 묶여 있어 다시는 풀지 않을 것 같던 짐 보따리에 손을 뻗었다. 그땐 한창 무겁게만 느껴졌는데 지금 와서 보니 한없이 가볍기만 하다.

일본군이 집에 무작정 밀고 들어왔던 그 날, 어머니께서 부랴부랴 챙겨 주신 옷가지를 하나하나 꺼내 보며 괜스레 어머니의 생각이 나서 가슴속 한 가닥이 뭉클했다. 옷가지들을 정갈하게 개고, 어머니가 손수 지어 주신 손수건과 댕기도 가지런히 접어 위에 올려 두었다. 마지막으로 이 모든 것을 감싸고 있던 천 보따리를 접으려 하는데, 툭 하는 소리와 함께 혜서의 치맛자락 위로 네모난 무언가가 떨어졌다. 시간이 많이 지나 이젠 누렇게 변색한 낡은 종이가 붉은 실로 가지런히 엮여있다. 혜서는 방 안에 작은 촛불을 밝혀 그 종이가 무엇인지 고이 접혀 있는 종이를 조심스럽게 펼쳤다.

이 글을 읽고 있을 한혜서에게 서연우가,

공책 앞부분에 작고 정갈하게 쓰인 글씨체가, 누구의 글씨체인지 안 봐도 알 수 있었다. 눈가에 차오르는 눈물방울이 후드득 떨어졌다. 뒤통수를 누가 세게 후려친 느낌이었다. 그 자리에 앉아서 숨도 쉬지 못한 채 떨리는 손으로 색 바랜 종이를 들었다. 혜서는 그제서야 연우의 편지에 적힌 글자들을 천천히 읊어 나가기 시작했다.

1941년 9월 19일

언제쯤 혜서가 이 글을 읽게 될지는 잘 모르겠지만 네가 이 편지를 읽고 있다는 건, 아마도 이젠 내가 지금 너의 곁에 없다는 뜻일 거고, 혜서는 이 지옥 같은 곳에서 빠져나와 행복한 일상을 되찾았다는 의미일 거라고 생각해. 그리고 이 편지를 읽게 될 즈음 나는 혜서가 다시 씩씩하게 예전의 행복했던 삶을 되찾았을 것이라고 믿어 의심치 않을게.

네가 이 편지를 읽을 때 시간이 얼마나 지났는지는 모르겠지만, 확실한 건 꽤 긴 시간이 지났을 것만 같다는 생각이 들어. 혜서야, 청춘이란 뭘까? 이곳에 오기 전 마을에 나와 비슷한 또래의 여자아이들이 말로 표현할 수 없을 정도로 끔찍한 곳에 매일 밤 끌려간다는 소문을 들었을 때 마을 어른들께선 나에게 한창 청춘을 즐길 나이에 이게 무슨 마음고생이냐며 나를 달래주곤 하셨는데, 사실 난 청춘이 뭔지 모르겠어. 즐긴다는 표현을 쓰는 것을 보니 만약 우리가 이곳에 끌려오지 않았더라면 지금쯤 우린 청춘이란 것을 그 누구보다도 행복하게 즐기고 있지 않을까 하는 생각을 해. 즐겁게 또래의 소녀들과 넓은 들판을 거느리고, 오묘한 색이 광활하게 펼쳐진 밤하늘을 수놓은 밝은 별을 하나하나 세어 보고. 우리가 이곳을 함께 빠져나가게 된다면 하고 싶은 일이라고 이야기했던 이 사소한 것들이 청춘이 아닐까 하는 생각도 해 봤어. 이곳의 새벽은 정말 고요해, 네가 매일 밤 자장가 삼아 잠들던 풀벌레 소리도, 바람에 풀이 날리는 소리조차도 들리질 않아. 조금 전까지 잠 못 들어 뒤척이던 너와 이야기를 나누다가 조용히 잠든 너를 보고 한 칸 남짓

한 내 방에 들어와서 이 편지를 쓰고 있어. 편지를 쓰면서도, 네가 이 편지를 읽지 않았으면 하는 마음도 없지 않아 있지만, 만약 내가 너와 함께 하지 못하게 된다면 그땐 너의 곁에 나 대신 이 편지가 남아 있게 되었으면 정말 좋겠어.

편지를 읽으며 혜서는 한없이 어두웠던 그곳에서 연우와의 첫 만남을 떠올렸다.

1941년 8월 14일,
기껏해야 열다섯 살이었다. 마을에선 밤낮으로 매일 영문도 없이 소녀들이 하나둘씩 사라져 간다는 흉흉한 소문이 걸돌았다. 밝은 아침 혜서와 함께 순수한 대화를 나누던 그녀의 친구들도 소리 소문 없이 사라지는 일이 빈번하게 일어났다. 혜서네도 예외는 아니었다. 잠자리에 들기 위해 잠자리에 누워 눈을 감으려던 순간, 방 온도를 높이기 위해 잠시 주방에 들렀다가 급히 혜서의 방문을 열고 들어온 어머니의 얼굴은 이미 새파랗게 질려 있었고 입술을 꾹 깨문 채 금방이라도 터져 버릴 것만 같은 표정으로 떨리는 손을 힘겹게 올려 혜서를 그 어느 때보다 세게 끌어안았다. 그때 어린 혜서의 눈에 문밖에 보이는 것은 두 남성의 형형한 그림자였고, 부모의 품에 안긴 채 혜서는 애써 걱정하지 말라는 웃음을 억지로 내보였다. 어머니와 아버지는 쉽게 그녀를 놓지 못했고 혹여나 부모님께 해가 가해질까 열다섯 한씨 가문의 장녀 한혜서는 오히려 그들을 안심시키며 금방 다녀오겠다고 하며 두 남성에게 연행된 채 어두운 마을길을 걸었다.

별일 없을 거라며 가족들을 안심시키면서도, 내심 겁이 났다. 차에 던져진 혜서가 맞이한 것은, 두려운 표정으로 그들을 쳐다보는 소녀들의 눈빛, 눈을 씻고 봐도 찾아볼 수 없는 빛. 이 암흑 같은 어둠들. 온통 캄캄한 그것들이 그녀의 미래를 설명해 주고 있는 것 같아 두려움이 앞섰다. 이 지옥 같은 곳에서 웅크려진 채 꽤 오래 달리며 혜서는 그때 처음으로 연우라는 아이를 만났다.

서연우, 열일곱 살이라고 했다. 자신보다 어린 여동생이 두 명 정도 더 있고, 두 살 터울의 오라버니는 자기보다 먼저 끌려간 지 오래라고 말을 건네 왔다. 일본군에 이끌려 연행된 지 얼마나 오래되었는지 자신도 모른다고 하였으나 어림잡아 이틀 정도 웅크리며 어디인지도 모르는 이 비포장 길을 달렸다고 했다. 앞으로 그들에게 어떤 무시무시한 일이 들이닥치게 될지도 모른 채, 그새 어둠 속에서 적응하여 간간이 들리는 소녀들의 작은 웃음소리가 애달프게 들렸다.

하루가 일 년처럼, 일분이 한 시간처럼 느껴졌다. 누군가 그들에게 지옥은 과연 어떨까라고 묻는다면, 혜서는 단 1초도 망설이지 않고 이곳이 지옥의 현실 판이라고 말해줄 수 있을 정도로 너무 힘들었다. 세상은 우리가 이러고 있다는 사실을 모르겠지, 삭막한 이곳에서 누구 하나 달래주는 이 없이 혼자서 모든 일을 감당한다는 게 이제 막 열여섯, 열일곱 되는 소녀들에겐 너무 버겁고 고통스러웠다. 어둠이 어색했던 혜서와 연우는 이젠 밝은 하늘이 어색해질 만큼 어두운 한 칸짜리 지옥의 방에 세뇌되어 있었다. 힘없이 몸을 축 늘어트리며 자신의 신세를 한탄했다.

열일곱이라는 어린 나이에도 불구하고 연우는 꽤 성숙하고, 차분해 보였다. 지금까지 봐 왔던 것만 해도 그랬다. 혜서보다 더 오랜 시간을 그 위험하고 어두운 짐칸 안에서 보내며 고된 날을 보냈을 연우는 지옥의 문을 열고 들어간 그 순간 정신이 완전히 나가 버린 혜서와 달리 그날 밤 아무런 소리도 내지 않고 밤을 지새웠다. 연우는 가끔씩 아주머니가 던져 주는 주먹밥을 먹으면서 남몰래 울음을 참아내는 소리를 작게 내곤 했는데, 그때마다 가족이 생각나서라며 짧게 웃어넘기곤 했다. 거의 모든 시간을 아픔 속에서 보내며 지친 그들에게 동물 먹이 주듯 던져 지는 주먹밥을 혹시나 뺏길까 허겁지겁 입 안에 욱여넣으며, 혜서도 가족들의 생각을 하지 않은 적이 없었다. 하지만 자기보다 한참은 더 어린 여동생 둘과 자신이 그나마 믿고 의지했던 그녀의 오빠까지 이젠 볼 수 없게 되어 버린 연우는 그 그리움이 몇 배로 다가왔을 것이다. 혜서는 저 작은 몸속이 지니고 있을 아주 큰 그리움과 고통들을 견디며 악착같이 버티는 연우가 대단하게 느껴졌다.

 본격적으로 겨울이 오는 듯 했다. 전엔 그토록 보고 싶던 혜서의 어머니 아버지, 동생들의 얼굴도 이젠 점점 흐릿해져서 거의 기억이 나질 않았다. 정기 검진 갔을 때 의사 선생님처럼 보이는 이와 주인 아주머니의 대화를 연우와 몰래 엿듣다가 호되게 혼이 났다. 혼이 나고 지옥으로 돌아가는 길에 혜서는 연우와 함께 나중에 이곳을 나가게 되면, 끔찍한 이곳에서의 생활을 낱낱이 밝혀낼 것 이라고 다짐했다. 이곳에 온지도 오랜 시간이 지나니 혜서와 연우 뿐만 아니라 이곳의 소녀들이 많이 지쳐있는 듯 했다. 쉬어버린 목소리를 힘겹게 쥐어짜 며 내는 비명소리도, 인기척이 줄어드는 밤이 될 때면 조용히 자신의 문밖으로 나와 옆방으로 들어가 소곤소곤 이야기하는 소녀들의 목소리가 간간이 들렸는데, 이젠 그 소리마저도 들리질 않는다. 이곳에선 그 누군가의 인간다운 인기척을 조금도 찾아볼 수 없다. 한걸음 내딛기조차 힘들었던 그곳에서의 시간을 떠올리며 혜서는 아직 마르지 않은 눈을 글썽이며 편지의 내용을 차분히 읽으려 노력하였다.

1942년 3월 8일

혜서야, 나는 우리가 이곳에 이렇게 오래 갇혀 있을 줄 몰랐는데 벌써 연도의 끝자리가 바뀌었네. 연도의 끝자리가 바뀌는 동안 사실 나는, 제대로 된 잠을 이룬 적이 거의 없어. 네가 나를 불렀을 때 먼저 침묵을 답하는 나의 모습을 보고 너는 잠시 투덜거리다가 이내 잠이 들었잖아. 언제 죽게 될지 모르는 이 상황에서 예전엔 죽는 게 너무 두려웠는데 이젠, 너라도 살았으면 좋겠다는 생각이 들어서인지, 너무 힘들어서인지는 몰라도 죽음이 더 이상 두렵지 않아. 아직 내 눈엔 한참 어린아이인 너의 몸에 푸르스름하게 자리 잡은 수많은 멍과 상처들을 볼 때면 마음이 아파. 주변에서 들려오는 아이들의 고통에 몸부림치는 목소리들이 이젠 쉬어서 제대로 나오지도 않는 것 같아. 혜서도 나도 많이 힘들지만, 어서 빨리 여기서 나가자 꼭.

1942년 8월 14일

이곳에 온 지 일 년이라는 시간이 지났어. 한 칸도 채 되지 않는 이 방에서 기절한 듯이 몇 시간 누웠다가 시끄러운 소리에 눈을 뜨고 간신히 몸을 일으키면 다시 지옥 같은 이 생활의 반복이 언제쯤이면 모두 끝나게 될까? 아마도 조국이 일본으로부터 완전히 독립하게 되는 그 순간까지 우린 조금 더 기다려야겠지. 오늘은 흰 침대 위에 계속 누워 있었어. 며칠이나 누워 있었는지는 나도 잘 몰라, 대략 이틀 정도 기절한 듯 잠들어 있었나 봐. 내 방으로 돌아왔을 때 나보다 놀란 모습으로 날 걱정해주던 너의 모습에, 내가 정말 영원히 잠들게 된다면 너는 얼마나 슬퍼할까. 머릿속에 걱정이 밀려왔어. 조국의 해방이 실현되는 그 날, 내가 너의 곁에 없더라도 내 몫까지 책임지고 행복해 줘. 나도 하늘에서 그런 너를 지켜보며 함께 기뻐할게.

1943년 5월 5일

혜서야, 나는 사실 네가 잠들었을 때 다시 네가 있는 곳으로 몰래 들어가 너의 심장에 귀를 기울여 몇 번이나 안심하고 내 방에 들어오곤 해. 지금 이 편지를 읽고 있는 너는 아마 절대 모를 거야. 문 앞에서 항상 힘없이 웃으며 내일도 살아서 만나자고 말했던 너의 모습을 볼 때마다 내가 살아 있어야 함을 느껴. 오늘 주인 아주머니와 일본군이 몰래 하는 이야기를 들었어. 전쟁의 상황이 좋지 않아서 이곳을 곧 정리해야 할 것 같대. 이 이야기를 꼭 해주고 싶어서 몰래 방문을 열어 보려다가 예민해진 주인 아주머니에게 들켜서 호되게 혼이 났어. 화장실에 가고 싶었다며 변명을 했는데, 이제부턴 모든 소녀들이 깡통으로 용변을 해결해야 한다며 작디작은 통 하나를 던져주곤 문을 굳게 닫아 버리셨어.

1944년 6월 6일

상황이 뭔가 잘못 돌아가고 있음을 알아챈 건 그날 밤이었다. 확실히 이곳에 드나드는 짐승들의 수가 줄어들긴 하였으나 고통스러운 건 여전했다. 지친 몸을 겨우 가누며 얼른 부모님을 만나러 가야지, 하는 생각만 하고 있었다. 연우는 일본어를 잘했다. 혜서가 못 알아듣는 질문들에도 연우가 대신 나서서 빠르게 답해 주었다. 얼마 전부터 연우는 글을 쓰고 있다고 했다. 이유는 잘 모르겠으나 글을 쓰고 있다는 말을 했을 때 연우는 희미하게 웃고 있었다. 가족 얘기를 할 때 말고는 잘 웃던 적이 없었던 연우가 웃는 모습을 이날 처음으로, 보여 주었다.

분위기가 이상했다. 그들은 느닷없이 소녀들에게 어디선가 들고 온 간호복을 입히기 시작했다. 혜서와 연우가 입은 간호복의 때 묻지 않은 흰 색깔은 고통스러운 이곳의 현실을 불투명한 흰색으로 모두 덮어 버리려는 것처럼 느껴졌다. 이질적이고 역겨웠다. 웃으라는 사진사의 말에도 일본 군인들을 제외한 소녀들은 그 누구도 웃지 않았다. 입을 다문 채로 카메라 렌즈를 바라보고 있는 소녀들의 눈빛이 두려움에 떨고 있었다. 마치 아무 일도 없었다는 듯 영화 같은 이 장면들이 순간순간 지나갔다.

그날 밤이었다. 연우와 혜서를 비롯해 열댓 남짓 해 보이는 소녀들 일부가 밤늦게 불려 나갔다. 알 수 없는 깊숙한 곳으로 계속해서 들어갔고, 평소 겁먹은 모습을 쉽게 보이지 않았던 연우조차도 그날만큼은 잔뜩 굳은 표정으로 발걸음을 힘겹게 밟으며 걸어가기 시작했다. 침묵과 함께 계속해서 어두워지는 길을 걷고 걷다가 움푹 파인 어느 곳에 발을 내디딘 순간이었다. 귀를 찢을 듯한 폭격 소리와 동시에 앞서 나가던 소녀들이 하나둘 쓰러지기 시작했다.

찢어질 듯한 총소리, 총을 피하려고 살기 위해 질렀던 소녀들의 비명소리가 편지를 읽는 혜서의 귓가에 선명하게 맴돌았다. 떨리는 손

을 진정시키며 혜서는 편지의 마지막 장을 읽기 시작했다.

1944년 6월 6일

 굳게 닫힌 문 안에 갇혀 서로 못 본 지도 너무 오랜 시간이 지나가 버렸어. 가뜩이나 힘 빠졌었는데 이젠 제대로 걸어 다닐 힘조차 사라져 가는 것 같아. 정기 검진 날 너무도 오랜만에 만난 너는 그새 얼굴이 더 작아지고, 그나마 당차 보였던 목소리는 어디 가고 이젠 거의 쉰 목소리로 내 안부를 묻는 너의 모습에 너무나도 슬펐어. 가슴 한편이 뭉클했어, 이러다가 정말 영원히 밖으로 나가지 못하는 게 아닐까 하는 두려움이 크게 몰려왔어.

 그런데, 그게 아니더라고. 오늘 우리가 새하얀 간호복을 입던 날, 나는 사실 짐작했어. 우리가 곧 이곳을 나가게 될 거란 걸. 그리고 나는 우리가 이곳을 온전하게 나가지 못하게 될 거라는 사실도 모두 알고 있어. 여기에 올 때부터 생각하고 있었어. 혜서와 내가 모두 이곳을 빠져나가게 된다면 정말 좋겠지만, 나보단 네가 이곳에서 나가 행복한 일상을 되찾게 되는 걸 우선적으로 생각했어. 내가 너의 곁에 없더라도 넌 당찬 아이니까 이곳을 빠져나가 혼자 남게 되더라도 행복하게 살 수 있을 거야, 그렇지? 이 편지를 읽고 있는 너는 슬픔에 가득 찬 혜서가 아니라 홀가분히 털어내고 남들과 똑같은 일상을 살고 있는 한혜서였으면 좋겠어.

 혜서야, 여기에서 보냈던 고통스러운 시간을 네가 있었기에 그나마 버틸 수 있었어. 네가 없었다면 지금쯤 나는 죽어 버렸을지도 몰라. 내 생각대로 내일 우리가 이곳에서 나가는 게 맞다면, 이 글이 너에게 전하는 마지막 편지글이 되겠지? 내가 그동안 하고 싶었던 말이 이것 말고도 너무나 많았는데, 벌써 마치게 되어서 미안해. 이 편지가 너에게 온전하게 전달되었으면 좋겠는데 너무 큰바람일까? 네가 한 말대로 우린 예쁜 나비가 훨훨 날아다니는 동산에서 다시 만나게 될 거야. 혹여나 지금 내가 곁에 없더라도 우리 다시 꼭 만나자. 타지에서 나의 가장 큰 존재이자 유일한 버팀목이 되어준 혜서야 고마워, 우리 웃는 모습으로 다시 만나.

- 서연우 -

1944년 6월 6일, 그 후

　혜서의 고막을 당장이라도 뚫어 버릴 듯한 충격 소리에 놀라서 당황할 틈도 없었다. 주변에 있는 그 무엇도 보이지 않았다. 아무것도 생각나지 않았고 너무 놀라 소리 지를 시간조차 없이 이성을 잃었다. 옆에 있는 그 누구도 보지 않은 채 오직 앞만 보며 사람이 없는 어딘가로 달리고 달렸다. 몇 시간을 달렸을까, 숨이 목 끝까지 차올라 숨조차 제대로 쉴 수가 없었다. 마치 누군가가 섬광을 깐 것처럼 눈앞이 새하얘지고 발끝에 걸리는 딱딱한 무언가에 걸려, 혜서는 그대로 쓰러져 눈을 감았다. 여전히 사방은 어둠으로 가득했다.

　눈을 떠보니 해가 벌써 중천에 떠 있었다. 이 모든 게 꿈이었을까 생각하다가 하얗고 여린 혜서의 다리를 뒤덮은 크고 작은 상처들과 시퍼렇게 물든 멍든, 어젯밤 혜서가 얼마나 고생했는지를 그대로 보여 주었다. 이 상처들은 아마도 이성을 잃고 뛰어오며 나뭇가지에 사정없이 긁힌 자국들이었을 것이다. 정신을 차리고 사방을 둘러보니 알 수 없는 울퉁불퉁한 흙길과 무성한 풀이 가득한 나무들로 가득한 이름 모를 산속인 것 같았다. 가만히 웅크리고 앉아 어젯밤 일을 생각했다. 달리고 또 달렸던 기억만이 가득하다. 눈물이 났다. 무작정 도망쳐 온 이곳에서 혜서가 할 수 있는 일은 도망치는 것 말고는 아무것도 없었다. 어떻게 해서든 살아야 했기 때문에. 이젠 혼자서 모든 것을 헤쳐 나가야 한다는 생각을 하니 연우가 보고 싶었다. 자신처럼 무사히 도망쳐서 어딘가에 숨어있길 간절히 바랐으나, 혜서가 마지막으로 본 연우의 모습은 모든 것을 내려놓고 자신이 도망간 그 자리에 아무런 움직임 없이 기둥처럼 우뚝 서 있던 모습이었다.

연우와 눈이 마주친 순간, 연우는 웃고 있었다. 시원하게 입꼬리를 말아 올린 채 이젠 다 끝났다는 그 표정을 지어 보이며, 연우는 세상 행복한 사람처럼 웃고 있었다. 마지막까지 자신을 지켜 주었던 연우가 이젠 곁에 없다는 생각에 혜서는 세상이 떠나가듯 산속에서 연우의 이름을 불렀다. 목이 쉬어 버려 목소리도 제대로 나오지 않았으나 이내 자신에게 돌아오는 건 메아리뿐, 이에 대답해 주는 사람은 아무도 없었다. 지옥 같은 이곳에서 만난 유일한 친구, 혜서를 이 지옥에서 살려내기 위해 그 여린 몸으로 고통을 함께 나눴던 연우였다. 타지에서 혜서의 든든한 버팀목이 되어준 연우라는 아이를 혜서는 영원히 잊지 못할 것 같다.

돌아오는 길에, 유난히 움푹 파인 길 위를 지나갔다. 문득 그곳에서 발이 떠나질 않았다. 떠나야 하는데 발걸음이 쉽게 나가질 않았다. 혜서의 옷자락에는 연우가 준 비녀가 아직 남아있다. 당장 그것을 꺼내 보면 눈물이 다시 차오를 것 같아서 아직 제대로 보지 못했다. 마지막에 자신을 향해 보여 주었던 웃음과 달리, 그때 잡고 있었던 연우의 손은 차가웠다. 땀으로 젖어 있었다. 어둠 속이어서 걸어가는 내내 연우의 표정을 제대로 보지는 못했으나, 아마도 겁에 질려 있는 표정이었을 것이다. 또 하나의 세상을 잃어버린 듯한 기분과 함께 깊은 슬픔으로 곤두박질쳐 버린 혜서의 어두운 마음과 다르게, 하늘이 유난히 밝고 화창했으며 유난히 파인 흙길 주변엔, 이름 모를 하얀 꽃이 피어 있다.

더 이상 기억하고 싶지 않은 그날 그때의 기억을 혜서는 머리를 세차게 흔들며 애써 지우려 노력했다. 아직 열댓 살밖에 되지 않은 자신이 감당하기엔 너무도 벅차고 고통스러운 일들을 해서는 잊으려 노력했으나 마음대로 잊히지 않았다. 덜덜 떨리던 혜서의 손에 이내 힘이 풀려 편지가 떨어졌다. 이제야 편지를 발견한 자신을 원망하고 또 원망했다. 꽤 오랜 시간이 지나 누렇게 변색된 종이 위에 혜서의 굵은 눈물이 쉴 틈 없이 쏟아져 내렸다. 한 자 한 자 정확하고 정갈한 연우의 글씨가 혜서의 눈물에 젖어 점차 흐려졌다. 풀벌레가 울었다. 그곳을 함께 빠져나오게 된다면 밤에 우는 이 청량한 풀벌레 소리를 함께 듣자며 이야기를 나눴던 연우와 자신의 모습이 떠올라 혜서는 흐르는 눈물을 멈출 수가 없었다. 아름답고 순수했던 우리의 모습은 과연 누가 앗아 갔는가, 가혹한 대우를 받으며 죽어 나가고, 맑은 하늘 아래 사랑 받고 자라야 할 소녀들의 창창한 앞길을 누가 이리도 어둡게 만들어 놓았는가. 가슴이 메었다. 당장이라도 연우가 문을 열고 들어와 자신의 손을 잡아줄 것만 같은 기분이 들었다. 그날 새벽, 혜서는 꿈에서 나비를 위해 자신에게 있는 모든 걸 아낌없이 주는 하얀 꽃에 대한 꿈을 꾸었다. 눈을 감고 잠을 청하면서도 눈에서 흐르는 눈물은 그

칠 줄을 몰랐다. 창밖에 조금씩 내리다가 이내 기다렸다는 듯 쏟아지
는 빗소리가 유난히 컸다.

1945년 8월 14일

잠을 제대로 이루지 못했다. 자다가도 구둣발 소리가 들리면 번쩍
뜬 눈으로 방 한구석에 웅크려 몸을 벌벌 떨었고, 차디찬 주먹밥을 입
에 욱여넣을 때면 어김없이 구역질이 났다.

> 그리운 고향 길에서
> 즐겁게 놀던 옛 임을 찾아
> 잔잔한 저 바람 속에
> 그 임은 흘러갔건만
> 그대는 그 어디로 갔는가.
>
> — 이난영, 고향 中 —

어느새 찢어져 버린 발을 힘겹게 내디디며, 혜서가 집에 도착했을
때 그곳은 자신이 알던 집의 모습이 아니었다. 사람의 흔적이 사라진
지는 이미 오래였고, 애타게 어머니를 불러 보았지만 고요한 침묵만
이 계속 이어질 뿐이었다. 방에 들어가 바닥에 손을 가만히 대어보니
차디찬 기운만이 혜서의 손에 느껴졌다. 예전에 정을 나누었던 마을
사람들도, 자신을 그 누구보다 귀한 딸로 자라게 해 주었던 어머니 아
버지도, 자신에게 때때로 시비를 걸어왔던 장난스러운 남동생도, 자
신의 발걸음 소리에 꼬리 치며 다가오던 동네 강아지조차 없는 게 낮

설어져 버린 이곳에 한혜서만이 덩그러니 남아 있었다.

가끔 장을 보러 나가기 위해 집 밖을 나설 때면, 자신을 꺼림칙하게 바라보는 사람들의 눈빛을 있는 그대로 바라보기가 무척이나 고통스럽고 힘들었다. 분명 아무 잘못이 없는데, 오히려 당한 건 혜서 자신인데 사람들 앞에서 당당하게 나서지 못하고 숨어서만 살아야 하는 이 삶은 아직 어린 혜서가 받아들이기엔 너무 고통스러웠다.

집을 청소했다. 어느새 가득 쌓여 버린 먼지를 털고, 그간 자신이 입지 않았던 옷들도 다시 빨았다. 그새 키가 조금 자라 예전에 입던 옷들이 조금 작아졌으나, 살이 많이 빠져서 품 자체는 아직 넉넉했기 때문에 천 조각을 덧대어 붙이면 아직 입기엔 충분했다. 조금씩 일상으로 돌아오는 것 같다 싶으면서도, 집 앞마당에 피어 있는 이름 모를 하얀 꽃을 볼 때면 그때가 생각나 멍하니 그를 바라보곤 했다. 평화로웠다. 자신들이 남모르게 겪었던 갖가지 수모들은 그렇게 가려진 채, 사람들은 이제 무슨 일이 일어났냐는 듯 각자 자신의 일상을 살아가는 데에 박차를 가하기 시작하였다.

생기를 되찾는 듯한 마을과 다르게 혜서는 잠을 설쳤다. 문을 튼튼히 걸어 잠그고 잠을 청해 봐도 바깥에 구둣발 소리가 들려오는 듯하면 혜서는 벌떡 일어나 방 한구석에 웅크려 몸을 떨었다. 길을 가다가 노란 군복을 입은 듯한 사람들을 볼 때면 잘 걸어가다가도 흠칫 놀라며 골목 깊숙이 들어가 몸을 최대한 숨기고 숨소리를 죽였다. 왜소한 체구에 키가 큰 단발머리 소녀의 뒷모습을 보면 혹여나 연우가 아닐까 하는 헛된 기대심을 품기도 하였다.

아직도 생각이 많이 난다. 생각하지 않으려 애써 봤지만, 주먹밥을 보고 있으면 자신도 배고팠을 텐데 오히려 혜서를 더욱 챙겨준 연우의 모습이 생각났고, 연한 보랏빛 치마를 보고 있으면 연보랏빛 옷을 입고 혜서와의 마지막을 함께했던 연우의 모습이 생각났다. 마지막에 자신을 바라보며 지어 주었던 그 미소를 혜서는 아직 잊지 못한다. 영원히 잊지 못할 것이다. 먼저 가 있으라던 연우의 목소리가 귓가에 생생하다. 당장이라도 혜서의 방 문을 두드리고 오래 기다렸냐는 질문과 함께 다가와 줄 것만 같았다. 다가와서 차디찬 혜서의 손을 잡아 줄 것만 같다. 연우가 유난히 좋아했던 만수국의 꽃말처럼, 고생했던 많은 소녀에게 하루빨리 행복이 찾아와 어두웠던 그들을 밝은 노란빛으로 비춰 줬으면 좋겠다는 생각을 했다.

뜨거웠던 여름, 차가웠던 겨울. 이름 모를 곳에 끌려와 모진 대우를 받아야 했던 소녀들의 가슴 아픈 그때, 타지에서 고통 받으며 부모님의 따뜻한 품이 있는 제 고향으로 돌아가겠다는 의지 하나로 지옥 같은 하루를 견디며 힘겹게 살아가야 했던 소녀들의 말할 수 없는 이야기. 밤하늘을 수놓는 반짝이는 저 별처럼 끝내 자신들의 작디작은 바람을 이루지 못했던 소녀들의 영혼이 저 높은 하늘에 존재하는 하나의 별이 되어 그 누구보다 밝은 존재가 되길 혜서는 두 손 모아 간절히 기도했다. 부디 저 높은 곳에선 행복하길 속으로 되뇌고 또 되뇌었다.

잊지 못할 큰 상처를 안고 떠나 버린 연우를 비롯한 많은 소녀의 마지막을 생각하니 가슴이 먹먹하여 목소리가 나오지 않았다. 자신들에게 사과 한마디 없이 그저 사건을 덮는 데만 급급했던 그 짐승 같던 일본 군인들로부터 우리 소녀들이 빼앗긴 건 신체적 고통뿐만 아니라 그 누구보다 순수했던 그들의 영혼, 다시는 돌려받지 못할 귀한 청춘. 떠나 버린 그들을 어딘가에서 기다리고 있을 소중한 그들의 혈육. 모든 것을 빼앗겨 버린 죄 없는 소녀들에게 돌아온 것은 과연 무엇인가. 이토록 힘없는 조국과 끝끝내 자신들의 이야기에 대해 일제히 목소리를 내지 않았던 수많은 존재들을 생각하니 혜서는 목이 메어왔다. 잊지 못할 그때의 이야기. 한혜서의 마음속에 서연우를 품고 떠나 버린 그녀의 몫까지 열심히 살아야겠다며 연우가 손에 쥐어 준 비녀로 머리를 단정히 하고 옷을 고쳐 입었다. 비장한 마음으로 정갈하게 다듬어진 펜을 들었다.

답장을 써야 했다. 아무 의미 없이 오늘이 며칠인지도 모른 채 쥐 죽은 듯이 지낸 것도 벌써 3일이 다 되어 간다. 밖을 바라보며 대여섯 살이 되어 보이는 어린 여자아이들이 밝게 웃으며 뛰어노는 모습을 볼 때마다 혜서는 멍하니 앉아 그들의 모습을 힘없이 바라보기만 했다.

연우야, 만약 내가 그때 앞만 보고 혼자 살아 보겠다고 달아나지만 않았다면, 우리도 지금쯤 함께 웃으며 행복한 하루를 보내고 있었을까? 누군가 혜서에게 돌아가고 싶은 시간이 있다면, 그때는 언제냐는 질문을 던졌을 때, 15살의 한혜서는 단 하나의 망설임도 없이 부모님과 함께 마을을 거닐었던 행복하기 다름없었던 어렸을 그때 그 시절이라 답할 것이고, 17살의 한혜서는 일본군의 총격이 난사하고 자신을 향해 얼마 남아 있지도 않은 힘을 써서 웃어 보이는 연우와 눈이 마주친 그때로 돌아가고 싶다며 단 하나의 망설임도 없이 말할 것이다.

그리고 이젠 열일곱이 된 한혜서가, 열일곱인 서연우에게 답장을 적기 시작했다. 1940년대 아직 그곳에 멈춰 있을 연우에게 혜서는 그간 하지 못했던 말들을 차근차근 돌이켜보았다.

> 비 오는 거리에서 외로운 거리에서
> 울리고 떠난 그 사람을
> 내 어이 잊지 못하나
> 밤도 깊은 이 거리에 희미한 가로등이여
> 　　　　　　－ 황금심, 외로운 가로등 中 －

　먼지 쌓인 책상에서 종이 한 장을 꺼내 들었다. 어떤 말로 시작할지 몇 분을 고민했다. 답장이 오지 않는 편지, 기분이 이상했다. 이내 마음을 바로잡고 이젠 열일곱이 된 한혜서가 열일곱의 시간에 멈춰 있는 서연우에게 편지를 적어 나가기 시작했다.

　연우에게
　편지를 이제야 읽게 되었어. 언니는 이 편지를 처음 쓰기 시작했을 때부터 이미 알고 있었겠지? 언젠가는 내가 이 편지를 읽게 될 거고, 그 말은 우리가 미래에 함께 존재하기는 어렵다는 점까지 모두 언니는 이미 마음의 준비를 하고 있었던 거야. 언니, 그날 밤의 나는, 열다섯 살의 나는 그때 두려울 게 하나도 없다고 생각했어. 근데 눈앞에 피 흘리며 쓰러져 의식을 잃어가는 아이들을 보니까 나도 모르게 겁이 나는 거 있지. 그때 내가 언니를 혼자 그렇게 두지 말았어야 했는데, 혼자서 도망쳐 온 그때의 시간을 아직도 나는 후회하고 있어. 이젠 책상에 앉아 언니의 편지를 읽고 답장을 쓰는 이 순간이 오기까지, 꽤 많은 시간이 지났어. 언니와의 헤어짐이 일어난 그다음 날엔 일본이 전국적으로 전쟁에서 패배함을 인정하고 식민 지배를 그만두겠다고 항복하겠다는 문서를 발표했어. 우리가 그렇게 꿈꾸던 해방이 찾아왔는데 ㄱ 상황에 언니가 내 곁에 있었더라면 아마 더 행복하지 않았을까 하는 생각이 들어.

언니도 사실은, 많이 두려웠겠지? 우리가 그곳에 갇혀 있을 때마다 밖에서 어렴풋이 들려오는 고막을 찢는 듯한 총소리에 우린 끝끝내 적응하지 못했잖아. 제대로 된 반항 한번 하지 못하고 매번 고통에 몸부림치는 소녀들의 목소리와 밖에서 고함을 지르며 총에 맞아 쓰러져 가는 군인들을 보면서 우리가 맘 편히 쉴 수 있는 날은 단 하루도 없었어. 그리고 마침내 그 총 머리가 우릴 향해 겨누어졌을 때, 난 그가 주는 위압감을 견디지 못하고 끝끝내 탈출해 버렸어. 그땐 언니까지 구할 용기가 없었던 걸까, 나중에 언니를 두고 내가 혼자서 빠져나왔다는 사실을 깨닫게 되었을 땐 내가 이미 너무 멀리 와 버린 후였어.

우리가 처음 만났던 날 기억나? 그때 트럭 짐칸 한구석에서 웅크리고 엎드려 있는 언니를 보고 처음엔 기절한 줄 알고 무작정 다가갔었는데, 그게 우리 우정의 시작일 줄이야. 그때 만약 내가 먼저 다가가지 않았더라면, 내가 과연 무사히 살아남을 수 있었을까 생각하기도 해. 힘없는 서로의 모습을 보며 웃어주던, 내가 겪고 있는 말 못 할 고통에 대해 함께 공감해 주던 언니의 빈자리가 너무나도 커서인지 언니가 곁에 없는 지금 나는 많이 허전하고 외로워.

이름 모를 곳으로 영문도 모른 채 끌려와 겁에 질린 나를 울게 하고 웃게 해 주었던 언니가 이젠 기억 속에만 남게 되었네. 그곳에서의 모든 일은 내게 모두 말할 수 없을 만큼 힘들고 아픈 기억으로 남겠지만 언니와 함께 했던 시간은 소중한 기억으로 남겨 놓을게. 어리숙하고 철없는 나를 어머니처럼 보듬어줘서 고마워. 언니와 함께했던 시간들 모두 따뜻했어.

언니, 사실 나도 알고 있었어. 우리가 미래에서도 함께하기가 생각보다 몹시 어렵다는 사실을. 그리고 나는 가만히 서 있는 누군가를 붙잡지 못하고 떨쳐내어 혼자 도망치게 될 사람이 내가 되지는 않길 바랐어. 끝내 언니가 하늘로 떠나고 내가 이곳에 남아 버렸을 때 처음엔 나를 두고 멀리 떠나 버린 언니를 미워하기도 해 보고, 함께 언니를 지켜주지 못한 나를 원망하고 채찍질하기도 하고, 이 모든 상황을 회피하기 위해 그날과 관련된 기억들을 모두 지워 보려고도 했어. 그렇게 전부 잊으려다가 방문 밖으로 보이는 작고 여린 여자아이들이 뛰어노는 모습을 볼 때마다 언니가 생각나는 건 어쩔 수가 없더라고. 우리가 함께 살아남았다면 저 푸른 풀숲 위를 함께 뛰어놀 수 있지 않았을까 하는 생각을 하면서 나는 결국 모두 잊지 못했고 앞으로도 계속 이 가슴 아팠던 그 날을 나는 잊지 못할 것 같아. 난 항상 언니를 생각하고 있을게. 오직 나 하나를 살리겠다는 언니의 그 마음을 항상 가슴에 안고 살아갈게. 언니가 편지에서 나에게 바랐던 대로 힘들겠지만 행복해지기 위해서 노력도 해 볼게, 하지만 아직 많이 어려서 그런 걸까, 언니의 얼굴을 떠올릴 때면 흐르는 눈물을 참을 수가 없어.

언니가 편지에 적어 주었던 많은 내용들, 우리가 언젠간 웃는 모습으로 만날 수 있다는 그 약속 꼭 지켜 줘. 언니가 나를 위해 몸을 관통하는 뜨거운 총알을 마지막까지 힘겹게 대신 견뎌 주었던 것처럼, 이젠 내가 언니 몫까지 더 열심히 살게. 그곳에서 보냈던 힘겨운 생활들을 언니가 있었기 때문에 견디며 살아갈 수 있었어. 그만큼 그때의 나에겐 언니가 소중한 존재로 느껴졌었나 봐. 사실 나는 아직도, 그때 내 모습에 대해서 수도 없이 자책해.

이런 나 대신 목숨을 바쳐 지금 하늘에 있는 언니는 나를 구해 줬으니까, 꼭 천국에 있을 거야. 지금도 하늘 높은 곳 가장 편안한 자리에서 나를 바라보고 있겠지. 시간이 많이 지나고 하늘에서 언니와 내가 만나게 되면 그때 아무렇지도 않다는 듯 나를 보면서 태연하게 안부를 물어 줘. 힘들었던 그때의 우리처럼 만났을 때 힘없이 웃으며 건넸던 그런 안부 말고, 우리가 하늘에서 다시 만나게 된다면 그땐 그간 평안히 잘 있었냐며 안부를 물어봐 주고 아무 일도 없었다는 듯 나를 반기며 꼭 안아 줘, 하늘에서나마 우리가 다시 느끼는 그 감정은 고통이 아니라 행복함이었으면 좋겠어. 높은 곳에서 내가 살아가는 모습을 지켜봐 줘. 나도 언니가 정말 너무너무 보고 싶은 어느 날이면 마을에서 가장 높은 산 정상에 올라가 언니 이름을 크게 부를게. 그런 내 모습을 보고 웃으며 날 반겨줘. 언니가 생각나는 그 날에 언니 이름을 부르고 편지에 내 안부를 적어 날릴게, 이런 내 모습을 보고 그곳에서 나보다 더 행복해 줘.

1946년 열일곱의 한혜서.

진서연

정토국 무릉도원 고전설화 부서
: 설화의 재해석[1)]

– 이 승 하

편지를 받았다.

　우연히 들른 중고 서점에서 절판되어 사지 못했던 책을 찾아 열심히 읽고 있었던 차였다. 한창 기분 좋게 책을 읽었는데 누군가가 톡톡 두드리는 느낌이 났다. 옆을 돌아보니 머리를 가지런하게 땋은 청의 동자[2]가 말간 웃음을 짓고 나를 쳐다보고 있었다. 얼굴에 즐거운 기색이 가득했다. 얘네가 웃는 걸 본 뒤에 좋은 꼴 본 적이 없는데 이번엔 또 무슨 일이지…?

　"편지 받아."

　편지를 건네준다. 편지봉투를 받아보니 엽서를 붙이는 곳에 흰색과 분홍색이 섞인 탐스러운 복숭아가 그려져 있었다. 흐음…불길해. 아, 모르는 이를 위해 설명을 하자면, 원래 정토[3]의 엽서는 이승과 반대로 보내는 곳을 표시하는 데 쓰인다.

　엽서에 복숭아가 있는 걸 보면 무릉에서 온 것이 분명하다. 휴가 중에 업무 편지라니, 비형랑[4]이 성격은 더러워도 휴가 중인 사람한테 일 얘기를 하는 상사는 아니었는데. 나중에 읽어야지. 편지를 받아 곁

---

2) 신선의 시중을 든다는, 푸른 옷을 입은 남자아이
3) 부처나 보살이 사는, 번뇌의 굴레를 벗어난 아주 깨끗한 세상
4) 죽은 진지왕과 도화녀 사이에서 태어났다는 인물, 귀신을 부리는 능력이 있었다고 한다. 삼국유사에 기록이 존재한다.

옷 주머니 안에 넣었다.

"왜?"

청의 동자가 가지 않고 웃음을 지으며 날 계속 쳐다봤다.

"여기서 바로 읽어."

바로? 무슨 일이 있는 건가. 편지 봉투를 뜯었다. 편지 봉투를 책장에 놔두고 찬찬히 접힌 편지를 펼쳤다. 곳곳에 번진 먹과 휘갈겨 쓴 글씨가 상황이 굉장히 급하게 돌아감을 알게 해 주었다. 내가 지금 보고 있는 것이 맞는 건가? 다시 편지를 읽었다.

"빨리 가야 할 것 같지 않아?"

이런 미친……. 하필 내가 없는 사이에 이런 일이 생기다니! 즐거웠던 기분이 누가 머리 위에 찬물을 끼얹어서 머리부터 발끝까지 차가운 물에 흠뻑 젖은 것처럼 삽시간에 가라앉았다.

"꽃잎을 은밀하게 흐르는 물에 띄워 보내지 말라. 어부가 찾아들까 염려되니."[5]

우연히 인간이 찾아온 사건이 일어난 이후 생긴 무릉의 인사말이었다. 도화 선녀에게 죽기 싫으면 처신 잘하라는 걸 고급스럽게 말하는 표현이었다.

"비형랑에게 죽으면 내가 네 상여 따라가며 곡소리는 내줄게."

청의 동자가 명백한 비웃음을 담고 팔을 탁탁 두드렸다. 책장 너머

5) 이수광의 시조 「침류다」 중

로 빠르게 사라지는 청의 동자를 보며 눈물을 속으로 삼켰다. 구한 책을 계산하고 품에 소중히 넣으며 꽃잎을 길에 뿌렸다.

무릉으로 가는 방법은 3가지가 있다.

첫 번째는 나룻배 정류장에서 기다리는 것이다. 5대의 나룻배가 다니는데, 뱃삯을 내면 탈 수 있다. 강을 통해서 다른 신의 거처로 가는 배로 환승도 가능하다. 주로 귀신들이 많이 타고 다니는데, 최대 탑승 인원이 4명밖에 되지 않는 것이 단점이었다. 나도 나중에 안 일이지만 이번 일로 사공 1명이 없어져 영업하는 배가 4대가 되어 사람이 더 많이 붐비게 되었다. 다른 뱃사공들이 더 바빠진 건 말하면 입 아프고.

두 번째 방법은 어떤 강이든 상관없다. 낙동강을 통해서도 무릉에 올 수 있다. 나룻배를 타고 다닐 때 쏟아지는 사람들의 관심을 무시하고 계속 노를 저을 수 있는 남다른 뻔뻔함과 철면피를 갖추었다면, 강을 따라 나룻배를 타고 노를 저으며 도화 꽃잎이 보일 때까지 기다리다가 꽃잎이 나타나면 그것을 따라가는 것이다. 물론 인간은 이 방법을 사용할 수가 없다. 산 사람의 체력으로는 꽃잎이 나올 때까지 노를 젓는 것보다 탈진해 쓰러지는 게 더 빠를 테니. 보통 사자들이 두 번째 방법을 사용했다. 하지만 꿋꿋이 참으며 노를 젓는 사람이 있으면 그게 귀찮아서 노를 대신 저을 귀신을 하나 데려와서 부린다든지 하는 사람이 있기 마련이다. 나는 당연히 후자였다. 무릉에 가서도 일해야 하는데 굳이 가면서도 일을 해야 해? 나만 이렇게 생각한 것이 아니었는지, 청의 동자들은 머리를 싸매고 고민을 하던 중 획기적인 발명품을 개발한다.

일명 꽃잎 순간 이동기. 이걸 사용하는 것이 바로 세 번째 방법이었다. 길에 뿌리고 꽃잎을 세 발자국 앞으로 가면서 밟으면 자동으로 무릉과 연결되는 물건이었다. 하지만 동자라서 그런지 장난기가 심한 편인 그들의 물건을 이용하다 보면 난처한 상황에 부닥칠 수 있었다.

아래로 빨려 들어가는 몸을 느끼며 생각했다. 제발, 지난번처럼 여우의 별채에는 떨어지지 마라……. 물에도……. 아, 복숭아나무 위에도…….

나는 아직도 내가 여우의 별채 위에 떨어져서 기와가 부서졌을 때 비형랑이 날 쏘아보던 그 차가운 눈을 기억한다. 올라가서 지붕을 고치는 내내 도끼눈을 뜨고 쳐다봤지. 물에 빠졌을 때는 동방삭[6]이 엄청 비웃었고, 복숭아나무 위에 떨어져서 가지가 부러졌을 때는 도화선녀[7]가 친히 와서 '나무도 이만큼 아팠대.' 하며 팔을 부러 뜨려주셨지. 아파서 데굴데굴 구르는 걸 가만히 내려다보시고 직후에 다시 고쳐 주셨지만……. 주변에 왜 이리 이상한 사람들만 많은지, 팔자가 살아서도 죽어서도 아주 사나워.

다행인지 불행인지, 이번 길은 물이나 나무 위가 아닌 허공에 연결되어 있었다. 언덕 위에 떨어져서 연속으로 세 바퀴를 구르며 언덕을 내려갔다. 언덕에 박혀 있던 돌에 머리를 박은 후 고개를 들었다. 머리가 불이 지지는 것처럼 아파 손을 대니 피가 났다. 하 씨…….

"아고고……. 노인 공경도 모르는 자식들. 내가 자기네들처럼 어린 몸이라고 생각하니까 이따위 짓을 하지."

입고 있던 외투 주머니를 뒤지니 마침 교회에서 나누어 준 휴지가

---

6) 무릉의 복숭아를 훔쳐 삼천갑자를 살았다는 신선. 여기서는 강림도령과 동방삭 설화를 섞었다.
7) 봄을 담당한다는 도교의 여신

하나 있었다. 아, 감사합니다. 휴지를 머리에 대고 몸을 일으킨 후, 하늘을 향해 감사 인사를 했다. 정확히 어디 계신진 모르겠지만 어디선가 보시겠지.

머리를 부딪쳐서 그런지 어지러웠다. 비틀거리며 걸어가다 보니 내가 어쩌다 이 꼴이 되었는지 기억이 났다. 망할 동자들 같으니라고. 영악한 놈들. 삼신할미8)가 보호하는 애들이니 함부로 뭐라고 하지도 못하고……. 지난번엔 뭐? 항의하러 갔더니 우리 애들은 그런 짓 안 한다고? 기가 차서. 걔들 영악하기가 보통내기가 아닌데, 삼신할미도 요즘 아이를 점지하지 못하니 맛이 좀 간 것이 틀림없어.

청의 동자들과 나눈 날카로운 첫 싸움의 추억이 떠올랐다. 삼신할미가 있을 땐 온갖 연약한 척 순수한 척은 다 하고 그녀가 간 후 바로 돌변하여 욕을 하던 모습이 머릿속에 스쳐 지나간다. 사기꾼 같은 놈들. 아기 점지를 잘하는 사람이 육아까지 잘할 거라는 어이없는 생각은 누가 낸 거야? 제정신이 아니었던 게 틀림없어. 그게 아니면 어찌 그런 애들이 나와?

아니, 내가 이럴 때가 아니지. 도원향9)에 가득해야 할 단 복숭아 냄새가 아닌 코를 찌르는 매캐한 냄새가 불이 났다는 것을 멀리서도 알 수 있게 해 주었다. 아, 골 울린다.

사회자 : 그것은 여러 우연이 겹쳐 일어난 일이었습니다.

도원 주민 복숭아나무 목○○ : 사실은 그날 여우가 뭔가 불안하다고 했어. 불 냄새가 난다고 했었어. 그 아이는 원래 여우니까, 아마 그

---

8) 아이를 점지한다는 한국의 신. 잉태와 출산을 담당한다.
9) 이 세상을 떠난 별천지. 이상향. 도연명의 '도화원기'에 나온다. 무릉도원, 도원경과도 같은 말이다.

런 것을 느꼈을 거야. 동물들은 원래 천재지변 같은 걸 잘 감지한다고 하잖아요.

　사회자 : 하필 그날 무릉에 거주하는 신들이 모두 신들의 회의에 참석하기 위해 자리를 비워 무릉에 신이 없었고, 담당 사자 회사예안(가명)은 휴가를 가 자리를 비운 상태였으며, 보조 사자 동현삭(가명)은 다른 업무 때문에 밖으로 나가 있었습니다.

　도원 주민 복숭아나무 임○○ : 사무실에서 타는 냄새가 나더라고. 연기도 올라오고.

　사회자 : 비형랑과 도화 선녀가 무릉에 다시 돌아왔을 땐, 이미 비극은 일어난 후였습니다.

　　　　　　　　　　　　　　　　　－그것이 알고 싶소이다 中

　늘 슬픈 예감은 틀리지 않지. 이건 일제강점기 때도 있던 유서 깊은 이론이다. 김 첨지가 몸소 증명하지 않았는가. 「운수 좋은 날」을 읽으며 안 좋은 느낌이 들면 뒤도 안 돌아보고 도망쳐야겠다고 생각했는데 난 왜 제 발로 무덤에 들어가고 있을까. 왜 무덤에 들어가는 것으로도 모자라서 스스로 관 안에 들어가서 관 뚜껑을 닫고 있는 걸까.

　사무실에 가까워지니 오는 소리를 들었는지 새까맣게 탄 창고 앞에 서 있던 긴 머리를 풀어헤친 미청년이 고개를 돌린다. 귀에 건 화려한 귀걸이가 흔들리며 딸랑, 하는 소리를 냈다. 붉은 화장을 한 눈으로 나를 쳐다본다. 비형랑이다. 그 옆엔 그보다 머리 하나 더 큰 그의 애인 여우가 있었다.

"추석 때 네가 안 쉬고 싶은 모양이구나."

회의에 갔다 오고 옷을 갈아입을 시간도 없었는지 평소보다 훨씬 화려한 차림을 하고 있었다. 옥이 달린 조우관을 머리에 쓴 것이 보였다. 기분이 안 좋은지 평소보다 태도에 날이 서 있었다.

"그럴 리가 있겠습니까."

"안 그랬으면 불에 타도 복구할 수 있도록 주술을 걸어 놓았겠지."

할 말이 없다. 설마 누가 무릉에 침입해서 서류를 다 태우겠어, 하는 마음으로 주술 거는 것을 미룬 게 업보가 되어 돌아왔다.

"너무 오래 혼자 살아 추석 때 쉬는 것도 싫어진 건가?"

"설마요."

입이 열 개라도 할 말이 없었다. 안을 들여다보니 동방삭이 까맣게 그을린 몸을 하고 걸레로 창고를 닦고 있었다. 거의 다 닦인 것이 보였다.

"건물엔 손을 대지 않고 종이로 된 서류만 태웠더군. 사자에 대한 원한이 아마도 동기가 되었던 것 같은데, 너 지귀에게 무슨 못된 짓이라도 한 적 있느냐?"

"그럴 리가요. 만난 적도 없습니다."

저건 뭐지? 벽에 글씨가 새겨져 있었다. 불로 새긴 것 같았다. 동방삭이 그을음을 물걸레로 닦아내자 글씨를 새긴 부분만 벽이 까맣게 탄 것이 보였다. 원통하다……. 무엇이?

"원통하다는 건 뭘까요?"

비형랑이 눈을 가늘게 뜨며 글씨를 노려보았다.

"원통하다…."

"지귀[10]의 사건을 조사해볼까요?"

흠……. 고민하는 기색이 역력했다. 천천히 고개를 옆으로 기울였다.

"당대 사람 중에 윤회에서 벗어난 사람은 없었지만… 기록을 뒤지면 뭐든 나오지 않을까요? 비형랑이나 길, 여우께서는 모르십니까?"

길달[11]의 '길' 자를 꺼냈는데도 노려보는 눈빛이 무서웠다.

"난 모른다."

"저도 몰라요. 난 덕만이 즉위하기 한참 전에 죽었는걸?"

"그냥 놔둬라. 나중에 족치면서 천천히 알아보면 되지."

"네."

다시 창고로 눈길을 돌려 서류와 책들을 서고에서 빼 한가운데 모아 같이 태운 흔적이 보였다. 동방삭이 벽과 바닥의 그을음을 닦아내니 건물은 불로 지져 글씨를 새긴 벽을 제외하고는 불길이 전혀 닿지 않았음이 보였다. 지옥의 벽에 붙어 화기를 숨기고 탈출했다고 하더니, 역시 보통 화귀들과는 차원이 달랐다.

"보시다시피 여기 벽에 글로 불을 새긴 곳 빼고 창고는 하나도 타지 않았습니다."

동방삭이 걸레질을 하던 것을 멈추고 우리를 바라보며 말했다.

"지귀가 어떻게 무릉까지 들어왔죠?"

"사공 파순[12]이 없어졌다. 속세로 도망간 것 같길래 강림 도령에게 체포 요청을 하였다. 왜 지귀를 도왔는지는 잡고 차차 알아보면 되겠지."

"언젠가 이럴 줄 알았어요."

---

10) 선덕여왕을 사모하다가 정을 이기지 못해 화귀가 되어 절에 불을 지르려 하였다고 한다.
11) 비형랑이 부렸다는 여우. 모종의 이유로 비형랑의 부하로 있다가 도망을 쳤는데, 비형랑이 다른 귀신과 함께 그를 쫓아가 죽였다고 한다.
12) 불교의 악마 마라 파피야스의 이명

이름이 파순이 뭐야, 파순이. 불교가 아니라길래 그냥 부모님이 너무하셨다고 생각하고 넘어갔는데 이렇게 이름 따라 뒤통수를 칠 줄 누가 알았겠어. 지귀가 사공과 결탁해 배를 타고 무릉에 들어온 모양이었다.

"동방삭. 걸레에서 손을 뗀 지 21초나 지났다!"

죽고 싶지 않으면 빨리 걸레 잡고 일해라, 동방삭! 착취당하는, 아니 청소하는 동방삭을 보고 있자니 가여워졌다. 중추절13)에 쉴 수 있을까 하는 생각을 하며 속으로 우는 것이 보였다. 그날 쉬지 않으면 월병이나 선물로 줘야겠다.

"고문서며 책이 다 불탄 것은 창고 문을 제대로 잠그지 않고 나간 동방삭과 주술을 걸어 놓지 않은 예원, 너의 잘못이지만, 지귀가 탈출을 할 수 있게 한 것에는 지귀가 있던 철야간식처14)의 잘못도 있다. 불가에서 관리하는 곳이지?"

"정확히는 대별왕15)과 불가가 같이 관리하는 곳이죠."

"범죄 피해 보상을 담당하는 신은 누구지?"

"다문천왕16)입니다."

비형랑이 비장한 눈빛으로 말했다.

"다문천왕과 대별왕에게 어떤 문서와 책이 어떻게 소실되었는지, 낱낱이 고하고, 보상받아 내라. 알겠나?"

"네."

"그래. 제대로 안 받아 내면 네가 몸으로 갚으면 되지."

---

13) 중국의 추석
14) 못된 마음을 가지고 절에 불을 질러 절의 세간, 불상 등에 해를 입힌 자가 가는 지옥
15) 제주도 설화 천지왕본풀이에 등장하는 천지왕과 총명아기의 아들로, 저승을 다스리는 왕
16) 불교의 사천왕 중 북쪽을 수호하는 신.

"그건 무슨?"

"귀신들이 복숭아를 훔치러 들어오면 너와 동방삭이 막아라. 아, 혹시 사자로서의 수명이 끊겨도 걱정하지 말아라. 너의 영혼도 재활용 히기로 했으니. 도화 선녀가 복숭아나무 기를 때 거름으로 쓰겠다 하였다."

피도 눈물도 없는 악랄한 인간……. 아니, 신이지.

"동방삭! 똑바로 닦아라!"

●

책상 위에 산더미 같이 쌓인 서류와 책을 아무렇게나 밀어 매실을 올려 먹고 있는 예원의 모습은 아무리 봐도 사자의 모습으로는 보이지 않았다.

"동방삭."

그가 쳐다보지도 않고 책에 고개를 묻은 채로 말했다.

"네, 네?"

"지호록(誌虎錄) 얻었어요?"

"아… 아니요."

"그럼 창귀록(倀鬼錄)은?"

"그것도 아니요……."

책을 들여다보던 고개를 들어 나를 본다. 한숨을 푹 쉬더니 안경을 올리고 나를 본다.

"동방삭. 내가 노(老) 호정은 첫 번째 사기는 봐주지만 두 번째부터는 죽인다고 했잖아요."

"어, 네."

"그리고 내가 그 한 번을 이번에 쓰라고 했잖아요. 신라수이전을 주 든 계림잡전을 주든 원하는 책 주겠다고 하고 넘겨달라고 하라니까 요."

왜 저리 간이 작아? 쯧쯧……. 혀를 차는 소리가 들렸다.

"네가 이승하도 아니고, 그냥 공손하게만 쓰면 되지 왜 그리 뜸을 들여요?"

"이승하? 그건 또 누구예요? 제가 혹시 알아야 하는 사람인가요?"

"아, 있어요. 글 빨리 완성해야 하는데 앞부분만 20번 넘게 고친."

다시 책에 눈을 돌려 책장을 넘기더니 뭔가 생각난 듯 시계를 봤다.

"동방삭. 호랑이 손님이 오기로 했어요, 내일 9시에."

"네…네? 지금 11시 52분인데요?"

책을 내려놓고 안경을 벗으며 그가 미소를 지었다. 영락없는 마라의 미소였다. 노 호정은 일을 하기 위해 어쩔 수 없이 컴퓨터나 폰 같은 전자제품의 불빛에 눈을 노출 시켜야 했지만, 그 불빛 덕에 얻은 안구 건조증이 심해 12시 땡 하면 컴퓨터도 TV도 불도 끄고 생활했다.

"그러니까 빨리 얻어와야겠죠?"

앞은 노 호정이었고 뒤는 예원이었다. 되돌아갈 곳이 없는 나는 이 렇게 악의 길로 들어서는구나.

"지호록이랑 창귀록을 요청하고, 원하는 건 뭐든 주겠다고 하면 분 명히 책을 요구할 거예요. 지난번에 내가 뭐 부탁했을 때는 신라수이 전을 달라고 하던데 이번엔 필원잡기려나?"

"그 책들은 모두 저희가 써야 하는 책이잖아요."

"그러면 답장은 알았다고만 하면 돼요. 나중에 항의하면 알겠다고 했지 주겠다고 한 적 없다고 하면 괜찮아요."

"나, 나중에 그 말 믿고 보낸 기 가지고 사기죄로 걸고넘어지면 어떡해요?"

"걸고넘어질 게 뭐 있어요. 지가 착각해서 보낸걸. 노 호정 성격에 쪽팔리니까 남들한테 얘기 안 할 거예요. 그리고, 전화 온 호랑이 손님 여자분이시던데 꽤 화가 나신 것 같던데요. 업보 확인하려고 지호록 열람을 요청했는데, 당신 때문에 못 얻었다고 하면 노 호정한테 혼나기 전에 그 여자분한테 멱살 먼저 잡힐걸요."

내가 그를 노려보자 빵긋 웃었다. 지 일 아니라 이거지.

"지호록이나 창귀록을 못 얻으면, 동방삭 당신이 발로 뛰면서 호랑이들 이름, 가족관계, 수명, 주소 조사하고, 창귀 일일이 만나고 다니면서 어디 살았는지, 가족관계는 어떻게 되는지, 뭐 그런 정보들 다 얻어오면 되죠. 내일 9시까지."

굳이 안 말려요. 그가 망설이는 나는 그의 얼굴에 미소가 퍼졌다. 손을 달달 떨며 메시지를 보냈다. 누군가가 공후를 연주하며 그 강을 건너지 말라고 하는 소리가 들렸지만, 이미 전송 버튼을 누른 후였다.

●

이건, 호랑이가 정말로 담뱃대 물고 담배 피우던 시절의 이야기이다. '해와 달이 된 오누이' 라는 이름으로 알려진 그 이야기의 실화는,

알려진 것처럼 끔찍하지 않았다.

떡을 다 주고 결국 잡아먹혔다고 알려진 오누이의 엄마는 사실 동네 잔칫집에 일을 다녀온 것도 아니었다. 시장에서 떡을 팔고 남은 떡을 머리에 이고 돌아오는 길에 금손이─요리든 바느질이든 손으로 하는 건 뭐든 잘한다고 부르던 별명이 진짜 이름이 된 사람이었다.─는 집에 가기 위해 깊은 산골짜기를 넘어가다 호랑이를 만나게 된다.

"사~살려주시오!"

"아줌마, 아니, 이름이 뭐야?"

노린내가 코를 찌른다. 설렁설렁 꼬리를 흔드는 호랑이가 입을 열자 숲이 요동친다. 태산 같은 목소리에 몸이 달달 떨린다. 나무들도 두려운 듯 흔들린다.

"금, 금손이."

"금손이? 독특한 이름이네. 난 호수야."

목소리가 신기하게도 아이 목소리 같다.

'개호주17)인가?'

이미 다 큰 호랑이는 사람보다 훨씬 크다 들었다. 자세히 보니 자신이 들었던 것보단 호랑이가 더 작아 보였다. 호랑이가 입을 열어 말을 할 때마다 심장이 벌렁거렸다. 오금이 저렸다. 금손이는 호랑이굴에 끌려가도 정신만 똑바로 차리면 된다는 말을 떠올렸다. 그 말이 생긴 건 호랑이가 가까이 오기만 해도 웬만한 사람은 혼절해서라는 걸 그녀는 그때 깨달았다.

---

17) 호랑이의 새끼를 다르게 이르는 말
16) 호랑이를 달리 이르는 말로, 산의 주인이라는 뜻

"산, 산군[18]. 저, 저는 가난하여 못 먹고 살아서 별로 먹을 살도 없소. 집에 아이들도 있고……. 제발 살려주시오."

뒷걸음질을 치며 호랑이에게 애원한다. 호랑이, 금손이 말이 들리는지, 안 들리는지 자기 말만 한다.

"금손아, 네 머리 위에 그건 뭐야?"

솥뚜껑만 한 손을 들어 금손이의 머리를 가리킨다. 발을 한 발 뗄때마다 산이 움직이는 것 같았다. 산의 온 동물들이 호랑이가 어떻게 움직이나 보고 있는 것이 느껴졌다. 수많은 눈이 숲속에 숨어 둘을 훔쳐보고 있었다.

"이건 떡이라고 하는 거요. 쌀로 만든 것이라 입에 맞지 않을 텐데……."

"맛있는 냄새가 나."

호랑이가 소쿠리를 내리라는 듯 손짓을 하자 금손이는 머리 위에 이고 있던 소쿠리를 땅에 내려놓았다. 손이 사시나무 떨리듯이 처량하게 떨린다. 범이 가까이 다가와 검은 코를 움직여 킁킁 냄새를 맡았다. 머리를 박고 떡을 으적으적 먹는다. 순간순간 보이는 입속의 이빨이 위협적이다.

'저 이빨에 물리면 도망칠 새도 없이 죽겠구나. 호랑이에 물려간 사람들이 돌아와도 얼마 못 살고 시름시름 앓다 죽는 이유가 다 있었어!'

자기 죽으면 내 새끼들은 어쩌나, 오누이 모두 채 10살이 되지 않았다. 자기 죽으면 어여쁜 내 아가는 누가 키우나. 눈물 주룩주룩 흘리고 있으니 자기 털 젖는 거 느낀 호랑이가 고개를 들어 그녀를 본다.

"금손아, 왜 울어?"

"산군, 나 안 잡아먹소?"

호랑이 고개 갸웃한다. 눈물로 앞이 흐려 그런가, 호랑이 등의 줄무늬가 일렁이는 듯.

"지금은 떡이 더 먹고 싶어. 또 사람은 내 입맛에 안 맞는 걸?"

입맛 쩝쩝 다시며 하는 말이 더욱 가관이다.

"떡 더 있어?"

「…그게 첫 시작이었죠. 수야는, 따지자면 제 첫 고객이었어요. 이렇게 말하니 웃기지만, 저는 제 목숨 대신 떡을 바쳐서 산 것이니까요.」

「그때, 수야가 떡을 더 달라고 했을 때 어떤 기분이셨어요?」

「상당히 떨떠름했죠. 놀랍기도 했고, 두렵기도 했고. 호랑이가 떡을 먹을 거라는 생각은 한 번도 해본 적이 없었거든요. 지금은 고맙죠. 의외의 곳에서 은인을 찾은 셈이니까요.」

「지금 그 호수야와는 연락하고 계시나요?」

「네, 동영이랑 은소의 친구로 잘 지내고 있죠.」

「그럼 오늘의 교훈은, '호랑이에게 물려가도 정신만 차리면 산다.' 인가요?」

「전 정확히 물려간 건 아니지만, 뭐 비슷해요. 어느 상황에서든 당황하지 않는 태도는 중요하죠. 그때 호수를 만난 게 나중에 온갖 상황에서 두려움을 이겨내는 데 많은 도움이 되었죠.」

「그렇군요. 바쁜 시간 쪼개서 나와 주신 점 감사합니다. 대서점의 직업 쇼 오늘 준비한 건 여기까지입니다. 여러분들 감사합니다.」

●

"참으로 놀라운 이야기였다. 그녀는 그때 자신의 떡을 먹고 맛있다는 호랑이의 말로 상경하여 떡을 팔기 시작했다. 말 그대로 돈의 산을 만들 수 있을 만큼의 돈을 벌었다. 죽은 후에도 그녀는 자신의 특기를 살려 떡집을 열었고, 지금은 정토 어디에서나 10~20분만 걸어가면 오누이 떡집의 가맹점이 있다는 말이 있을 정도로 유명해졌다.

물론 모든 신화나 설화가 이렇게 감추어진 아름다운 이야기가 있는 것은 아니다. 실제 사연은 훨씬 비참하고 슬픈 경우가 훨씬 많았다. 아름다운 이야기 속에 숨겨진 말로 이루 다 표현 못 할 서글픈 사연 가진 이도 있었다.

귀왕 비형랑부터 삼국유사에 전해지는 이야기와 다른 사연을 가지고 있지 않은가. 한순간의 그릇된 판단은 그가 사랑하던 여우를 찢어 죽이게 했다. 사후 귀신들의 왕인 귀왕이 된 비형랑은, 지귀가 탈출하여 벽에 남긴 '원통하다'라는 글씨를 보고 전해져 내려오는 설화와 실제 사건이 다른 경우가 자신의 것만 있는 게 아니라는 걸 깨닫는다. 그 직후 상제에게 건의해 설화·고전 부서를 만들고, 고문서를 담당하던 사자 예원과 동방삭을 설화와 고전 속 인물들의 한을 해결하는 민원담당 사자로 만들었다. 그로부터 한 달이 지난 지금도, 사자 예원과 동방삭은 비형랑에게 착취 당하…아니 귀신들의 한을 풀어주기 위해 노력하고 있다."

"지금 누구한테 말씀하시는 거예요?"

동방삭이 떡을 들고 입구에 서 상당히 의심스러운 표정으로 나를 쳐다보고 있었다. 저게 미쳤나 싶은 거지.

"지금 누구한테 설명하십니까?"

"아, 이걸 볼 독자들이죠. 너무 설명이 없으면 불친절하다고 싫어해요."

"…독자요?"

"네."

더 이상하다는 눈빛으로 본다. 지난번에 잠깐 보고 말았던 전지적 독자 시점을 보고 혹시 이 세계도 소설이 아닐까 하는 의문을 품은 것이 아닐까 생각을 하는 것이 다 보였다. 피워놓은 향이 무릉의 단 복숭아 냄새를 다 덮을 정도로 짙다.

"떡은 사 왔어요?"

"다 팔리고 남은 게 토핑 없는 가래떡밖에 없어서 그거 사 왔어요."

"오누이 떡집 저승에서 뜨게 해준 효자 메뉴가 그거잖아요. 그냥 먹어도 맛있으니까 괜찮아요."

늘 따뜻한 무릉의 날씨에 마스크를 쓰고 있으려니 더웠다. 머리를 높게 올려 묶어도 더위가 가시지 않아 손 부채질을 하고 있으니 동방삭이 질린단 표정으로 나를 보고 있었다. 이 더위에 마스크까지 쓸 정도로 호랑이가 싫냐고 물었던 것이 기억났다. 그때 뭐라고 대답했더라…….

짐승에게서 나는 노린내가 나기 시작했다.

"도착했나 보네요."

손목에 끼고 있던 시계를 보았다. 8시 50분. 배가 도착하는 선착장에서 사무실이 멀지 않으니 아마 9시에 맞추어 도착할 수 있을 것이다. 동방삭은 준비실에 들어가서 떡의 포장을 뜯고 접시에 옮겨 담았다.

●

새벽, 늦게 얻은 지호록과 업경을 검토하며 호랑이 손님이 요구한 증거를 찾고 있느라 예원과 나 둘 다 퇴근을 하지 못 하고 있었다. 커피를 마시며 노트북 화면을 들여다보던 예원이 화면에서 눈도 떼지 않고 나에게 말을 걸었다.

"호원 설화의 그 호랑이니까 가장 바람직한 결과는 업보가 없는 거잖아요, 동방삭."

일이 꼬였다 싶으면 머리를 쓸어 올리는 버릇이 있는 그가 머리를 쓸어 올리며 말했다. 지호록 업보 조회 결과가 나쁘게 나왔나 보다.

"그렇죠. 다시는 살생을 하지 않겠다는 약속을 하고 동생이 대신 죽은 거니까요."

으음…. 그가 안경을 통에서 꺼내 쓰고 다시 인상을 쓰고 들여다보았다. 한숨을 푹 쉬는 것이 무언가가 마음에 들지 않는 것 같았다.

"업보가… 너무 많은데."

"네?"

"와서 확인 좀 해봐요."

이   름 : 관영
생년월일 : 704년 2월 8일~1019년 9월 25일
부 / 모 : 울란 / 능야
업   보 : •704년 8명 : 아비사, 진희야, 은향, 황순제,
                    여울, 달, 혜, 국천렬

- 707년 6명 : 아흠, 빙어, 송 리, 설빈, 도솔천, 지소, 미리하

  …

- 1019년 4명 : 소 성정, 영순, 목선, 부용

이　　름 : 산주
생년월일 : 716년 5월 14일~1047년 5월 26일
부 / 모 : 울란 / 능야
업　　보 : • 717년 2명 : 적호, 오유

- 719년 3명 : 린하, 시미영, 유안

  …

- 1045년 2명 : 호선, 가비

이　　름 : 초헌
생년월일 : 778년 4월 1일~1170년 4월 1일
부 / 모 : 울란 / 능야
업　　보 : • 780년 5명 : 무라사, 화은, 목선, 상향, 소소

- 781년 2명 : 다현, 진하

  …

- 1169년 1명 : 손 정하

"너무 많은데요?"

"그렇죠? 내 이렇게 사람 많이 잡아먹은 호랑이는 처음 보네."

말하던 그가 다시 일이 생각났는지 지호록을 보았다.

"허, 손님이 이거 보고 속상해하실 것 같은데. 우시는 건 아니겠죠?"

●

업경을 쥔 손이 부들부들 떨리는 것이 보인다. 저거 금 가진 않겠지? 부러지면 아사가한테 다시 받으러 가야 하는데….

"이, 이런 비위[19]만도 못한……."

목소리에 분노가 가득 차 있었다. 눈의 핏줄이 터져 동공이 점점 붉게 물드는 것이 느껴졌다. 살기가 느껴졌다. 자신을 팔아 살아남은 오빠들이 인간을 하나하나 뜯어먹는 것을 한순간도 놓치기 싫었던지 임신을 했음에도 눈도 깜짝 안 하고 쳐다보던 것을 보고 예원은 그 둘이 간 후 한도 그리 독하게 서린 한이 없다 하였다.

"설린화, 일단 진정해. 아이가 느낄지도 몰라, 응?"

임신했을 때는 늘 좋은 감정을 유지해야 한다고들 하잖아, 같은 말을 하며 여자를 다독이는 남자의 모습에서 동요가 느껴졌다. 여자가 분노를 제어하지 못해 바들바들 떨었다. 물론 그도 표정을 숨기지 못하고 있긴 마찬가지였다. 분노와 슬픔, 당혹감과 허무함 등 온갖 감정이 뒤섞인 얼굴이 안쓰러웠다.

그 말을 듣고 조금 진정이 된 듯한 여자가 한숨을 쉬며 말했다. 배신감에 입술을 세게 깨물고 있는 것이 보였다.

"내가 속았네요. 내가 어리석었지, 뭘 보고 오빠들을 믿었을까?"

여성이 자신을 자책하자 마음이 아픈지 남자가 눈썹을 팔(八) 자로 일그러뜨렸다. 깊은 한숨을 푹 쉬었다.

"…. 그 잡아먹힌 사람들이 손해배상을 걸 수 있을까요?"

---

19) 박지원의 「호질」속에 나오는 호랑이를 잡아먹는 상상의 동물

한숨을 쉬던 여자가 진정이 된 듯 차가운 태도로 물었다.

"당연히, 못합니다. 호환으로 잡아먹힌 것이 안타깝긴 하지만, 사람의 운명이라는 것이 하늘의 높으신 분들이 업보에 따라서 배정해주는 거라서요. 또 손해배상을 다 청구하면 정토의 모든 신이 아마 다양한 이유로 고소당하겠죠. 그걸 두고 보겠습니까?"

세계가 시작되었는지 얼마 지나지 않았을 때는 질병으로 죽은 이들은 마마신에게, 아이를 잃은 사람은 삼신할미에게, 호환으로 죽거나 가족을 잃은 사람은 노 호정에게, 그 밖의 사람들은 대별왕 혹은 부처에게 저주를 담은 글을 보내던 시절이 있었다. 그중 제일 인내심이 짧았던 대별왕이 친히 자리를 털고 상제에게 찾아가 자신에게 온 악담을 담은 편지를 던지며 책상을 엎어 그 뒤 금지되었다.

"그럼 제 형…제들에게는 손해배상 청구가 가능한가요?"

예원이 기다리고 있던 질문이었다. 새벽 4시까지 삼국유사와 김현 감호가 실린 여러 책의 판본을 뒤진 보람이 있었다.

"가능합니다. 여기, 삼국유사를 이렇게 나와 있거든요.

　

"세 분 오빠들이 멀리 피해 가셔서 스스로를 징계하신다면 제가 그 벌을 대신 받겠습니다."하고 처녀가 말하자, '모두 기뻐하며 고개를 숙이고 꼬리를 치며 달아나 버렸다.'라고.

　

"업경[20]의 기록은 증거로 채택되지 못할까요?"

음……. 예원의 얼굴이 고민으로 덮였다.

---

20) 불교의 지옥에서 염라대왕이 가지고 있다는 인간의 죄를 비추는 거울

"업경의 기록도 있기는 하지만, 업경은 다른 사람의 생도 같이 나와서 동의를 구하면 되거든요. 근데 그게 말이 쉽지, 동의를 구한다는 게 어디 쉬운 일입니까? 아직 살아있는 사람한테 가서 상황을 설명하고 동의를 구할 순 없고 말이죠."

옆의 남자가 여자를 진정시키려 어깨에 손을 두르고 배를 토닥토닥 두드리는 게 보였다. 딱히 효과가 있는 것 같진 않았다만⋯⋯.

"그럼 지호록의 기록과 삼국유사의 기록만 써도 괜찮나요?"

"네."

예원이 찬찬히 고소장을 책상 위에 올려놓았다.

"그럼 고소장 접수하고 가시겠어요?"

"당연하죠. 오빠들에게 바친 내 수명, 남은 인생 홀로 보낸 김현의 슬픔의 대가는 다 받아낼 겁니다."

●

동방삭이 저녁밥을 사기 위해 나간 사이, 무릉으로 전화가 걸려왔다.

따르릉!

"네, 무릉 고전 · 설화 부서 사자 희사예원입니다. 무슨 일이시죠?"

☎ : 나야.

익숙한 목소리였다. 차갑고 고압적인 젊은 여성의 목소리가 전화 너머로 들린다. 다정함이라곤 하나도 느껴지지 않는 목소리는 내가 들어본 적 있던 것이 맞았다.

"무슨 일이십니까, 무조신?"

☎ : 내 남편을 고소하고 싶네. 그래서 자네 부서에 사자가 하나 필
요해. 난 내 처소 밖으로 나가고 싶지 않으니, 사자를 하나 보내주었
으면 하는데.

"제가 가면 멀쩡히 보내주실 건가요?"

명백한 비웃음을 담은 웃음소리가 울려 퍼졌다. 바보 같은 질문이라
는 걸 비웃음으로 대답한다.

☎ : 글쎄, 그건 좀 생각해봐야겠는데.

오면 곱게는 죽을 생각하지 마라 이 말이군.

"… 그럼 다른 사자를 하나 보내드리겠습니다."

☎ : 12월 22일. 오후 3시까지.

"알겠습니다."

전화를 끊은 직후 무슨 일 때문에 사자를 찾는 것인지 생각하기 시
작했다. 그녀의 남편이라면 무장승21) 하나밖에 없었다. 이름은 동수
자22). 그녀가 신이 된 직후부터 이미 별거를 하고 있어 그녀에게 남
편이 있다는 사실을 모르는 사람도 파다했다. 지금 와서 남편을 고소
하려는 것을 보면 그녀에게도 숨겨진 사연이 있었던 것이 분명했다.

지금 중요한 건 그게 아니야. 동방삭이 걱정이었다. 원한이 없는 사
람은 건드리지 않는다는 것이 그때 그녀의 철칙이었지만, 그때로부터
많은 세월이 흘렀다. 10년이면 강산이 변한다는데 그녀라고 한결같
을 리가….

"아무 일이 없기를 바라야지, 뭐."

---

21) 바리공주가 부모의 약을 구하기 위해 간 저승에서 만난 남자로, 바리공주의 남편이다
22) 마찬가지로 바리공주가 부모의 약을 구하러 간 저승에서 만난 남자로, 무장승이 등장하지 않는 판본
에서 바리공주의 남편으로 등장한다

머릿속에 떠오르는 참혹하게 변한 동방삭의 모습을 무시하고 일을 하려 했다.

배가 갈라진 동방삭.

거꾸로 매달린 동방삭.

반으로 잘린 동방삭.

목이 잘리는 동방삭.

불에 구워지는 동방삭.

능지처참당하는 동방ㅅ…아, 아. 안 되겠어. 라지엘의 서[23]라도 찾아봐야지.

●

지귀가 고서와 서류를 모두 불태운 사건이 일어나고 3일이 지난 날이었다. 점심으로 평양냉면을 전화로 주문하고, 식당에서 음식을 받고 가려던 그때, 맞은편의 삼계탕 가게에 있는 남자가 눈에 띄었다. 뱀처럼 눈이 가늘게 옆으로 찢어진 남자가 자신의 앞에 놓인 접시에 담긴 생닭을 보고 있었다. 간판을 보니 삼계탕집이었다.

'분명 식당은 삼계탕 하는 식당이 맞는데……. 웬 생닭이지?'

혀를 내밀고 입맛을 다셨는데, 혀가 사람 같지 않게 가늘고 끝이 갈라져 있었다. 반인반수인가?

그러더니 손으로 닭의 양쪽 다리를 잡고, 입을 크게 벌렸다. 합, 하고 입을 다물고 닭을 입속으로 집어넣으려고 – 물론 나에겐 없는 공

---

23) 세상의 모든 비밀이 담긴 책으로, 유대교 전설에 등장하는 천사 라지엘('하나님의 비밀'이라는 뜻)이 썼다고 한다.

간을 만들어서 쑤셔 넣는 것처럼 보였지만 - 애썼다.

그 순간, 벼락같이 온 손이 그의 뒤통수를 후려쳤다.

"야, 신서서! 내가 사람 모습일 때 음식 통째로 입에 쑤셔 넣지 말라고 했지!"

순하게 생긴 인상과는 다르게 상당히 과격한 여자였다. 내가 보고 있다는 걸 알았는지, 날 보며 죄송합니다, 하며 고개를 숙였다.

"자기야, 내가 먹고 있을 때 치면 나 목에 걸려서 죽을 수도 있어…."

"뭘 목에 걸려. 입에 다 집어넣지도 못하는 거 다 봤거든? 또 내가 인간 모습일 때는 그렇게 먹으면 사람들 놀란다고 했지! 봐봐, 저기 사람 놀랐잖아!"

놀라서 본 것이 아니라 그저 눈길을 돌렸는데 그가 생닭을 한입에 먹으려고 했을 뿐이지만, 딱히 말해줄 필요성은 없을 것 같아 돌아섰다. 뒤로 여자의 잔소리가 이어지는 것이 들렸다.

"너 지난번에도 그러다가 입 옆에 상처 났잖아! 입도 쪼그만 게…. 자기가 이럴 때마다 난 입을 옆으로 좌악 찢고 싶은데, 해줘?"

"하, 자기야. 내가 유혈목이야? 나 구렁이야…. 그리고 그렇게 섬뜩한 소리 막 하지 마, 애 떨어질 뻔했잖아."

"뭔 소리래, 수컷이."

뒤에서 계속 이야기하는 소리가 들려 계속 머물며 듣고 싶었지만, 시간을 보니 평소에 음식을 받아서 도착하는 시간보다 늦을 것 같았다. 면이 불면 예원이 짜증을 낼 것이 분명했기 때문에 걸음을 빨리했다.

배를 타고 무릉으로 들어가 사무실 문을 열고 들어가자 예원의 목소리가 들렸다.

"왜 이렇게 늦었어요. 그 집은 면 많이 담아줘서 불면 답 없단 말이에요."

포장된 국수를 같이 꺼내고 창문을 열었다. 보통 음식 먹을 때 대화를 하지 않았는데, 예원은 늘 그 정적이 어색하다며 TV를 틀어놓았다. 마침 뉴스가 하고 있었다.

「... 비하인드 뉴스 마지막입니다. '내가 못하는 내 이혼'」

「그게 무슨 뜻이죠?」

「어, 강호경의 이혼을 말하는 겁니다.」

「그때 강호경은 고려 왕조 설화의 주인공인 호경[24]을 말하는 거 맞나요?」

「네, 맞습니다. 한 커뮤니티에 이런 글이 올라왔는데요.」

뉴스의 자료화면에 커뮤니티의 글을 캡처한 사진이 올라왔다.

「제 아내가 바람을 핀 것 같습니다.」

"강호경? 걔 작제건 증조할아버지 아니에요?"

뉴스를 듣고 예원이 국수를 뜨려다가 젓가락을 내려놓고 물었다. 내가 작게 고개를 끄덕거리자 무슨 일이지, 하고 고개를 갸웃했다.

"바람을 핀 거면 핀 거지 '핀 것 같습니다'는 뭐야?"

다시 젓가락을 들고 먹으려고 했다.

"머리카락이 자꾸 흘러내리네. 동방삭, 머리끈 가진 거 없어요?"

흘러내리는 머리를 잡았지만, 손이 부족한지 머리를 묶으려고 주머

---

24) 고려 건국 신화 속 왕건의 가장 오래된 선조이다.

니를 뒤졌는데, 들고 오지 않은 것 같았다. 아쉽게도 나도 가진 것이 없었기에 고개를 절레절레 저으며 면수를 따라 마셨다.

"차라리 자르시는 게 안 낫나요? 처음 봤을 때랑 머리 길이가 똑같은 거 보면 혹시 잘라도 다시 그 길이로 돌아오는 거예요?"

외모가 신으로서의 능력을 결정짓기 때문에 바꿔도 원래대로 돌아오는 경우가 있었다.

예원이 연필을 비녀 삼아 머리를 고정했다.

"늘 조금만 기르면 잘라서 똑같아 보이는 거예요. 죽었을 때 길이로."

「요약해서 말씀드리자면, 호경이 아내의 외도로 이혼을 하게 되었는데, 담당하는 부서가 없어서 이혼을 못 한다는 말입니다.」
「부서가 없다는 게 무슨 말이죠?」

뉴스를 듣던 예원이 말했다.

"강호경이 아내가 두 명 아닌가요? 평나산신이랑 인간 시절 아내. 신은 이혼을 담당하는 부서가 있을 텐데. 인간 쪽인가?"

「그러니까 강호경이 설화·고전 소속인데, 설화·고전 속 귀신을 담당하는 비형랑이 이혼을 전담하는 부서를 만들지 않았다는 말입니다.」
「담당하는 부서가 없어서 이혼 접수를 아예 못한다, 맞나요?」

「그렇습니다. 매우 황당한 일이죠.」

「비형랑은 비난을 피하려면 빨리 부서를 만들어야겠네요. 네, 수고
했습니다. 벽서주 기자.」

"아직 부서를 안 만들었구나. 그럴 수 있지."

뉴스를 보던 예원이 대수롭지 않게 말했다. 여유를 가지고 말할 수
있는 건 그때뿐이었다는 걸 우리 둘 다 그땐 몰랐다.

「다음은 국제뉴스입니다. 그리스 소속 바다의 신 테티스[25]가 자신
의 sns를 통해 프티아 전 국왕 펠레우스[26]와 이혼했음을 밝혔습니
다. 자신의 셀카와 함께 새로운 시작을 응원해달라고 했는데요.」

자료화면에 올림포스그램에 올린 셀카와 글이 나왔다. 밤하늘과 같
이 어두운 머리칼을 가지고 있었다. 카메라를 똑바로 응시하는 서늘
한 얼굴이 아름답다.

「일각에선 그녀의 새로운 시작을 응원하지만, 아킬레우스[27]의 결
혼이 한 달 남지 않은 시점에서 이혼을 알리는 것은 적절하지 않
았단 말도 많은데요….」

남의 일이지만, 아들 결혼이 한 달 남았는데 이혼발표를 하는 건 아

---

25) 티탄족의 하나인 바다의 여신. 아킬레우스의 어머니
26) 일리아스에 등장하는 프티아의 국왕. 아킬레우스의 아버지
27) 일리아스 속에 등장하는 그리스 제일의 전사. 여기에선 일리아스와 엘리시움에서 메데이아와 결혼을
    했다는 전승을 섞었다.

니지 않나? 그리스는 저런 걸 신경 안 쓰는 건가.

"예원도 별로라고 생각해요?"

내 물음에 국수를 먹던 예원이 고개를 들었다. 얼굴이 움직이는 것으로 입안에 아직 국수가 남아 있는 걸 알 수 있었기에 기다렸다. 국수를 우물거리는 것이 보였다.

"음, 아킬레우스는 별로 신경 안 쓸 것 같은데요. 또 테티스가 이번 결혼을 훼방 놓친 못할망정 축복하진 않을걸요."

"왜요?"

"예전부터 사귀었던 애랑 결혼하는데, 걔는 인간이라 테티스가 안 좋아하거든요. 테티스가 완전 보수적인 순혈주의자인 거 알아요?"

아킬레우스와 엘리시움에서 만난 여자가 테티스에 의해 결혼 직전까지 갔다가 파투난 것, 살아있을 때 테티스가 예전에 짝지어 준 여자와 아들까지 낳고 헤어진 것 등등 지구, 아니 저승 반대편에 우리가 존재하는지도 모를 인물에 대한 가십을 이야기했던 우리는 우리의 미래를 몰랐다. 이래서 인간은 한 치 앞을 모른다고들 하는 거다. 그때 비형랑이 그 뉴스를 같이 보고 있을 줄 누가 알았겠는가? 비형랑이 설화와 고전 전담 부서를 만들기로 생각했다는 것도, 우릴 그 부서의 담당 사자로 만들 것도 우린 몰랐다.

아, 덧붙이자면 호경의 사연은 이러했다. 몇천 년이 지난 후에서야 자신의 이야기가 신화로 존재한다는 것을 호경은 알게 되었다. 그러던 어느 날 서점에 들른 그는 자신의 이야기가 동화로 존재한다는 것을 본 호경은 책을 펼친다. 그게 비극의 서막이었다.

●

평나산신과 결혼하여 산신이 되었다 알려진 호경은, 사실 그때 호랑이에게 물려 죽었다. 전승대로 던진 그의 모자를 호랑이가 물어가 호랑이를 유인하는 역할을 맡은 그는 호랑이를 유인하기 위해 밖으로 나간 뒤 다시는 돌아오지 못했다. 두려움에 떨며 동굴 안에서 밤을 보낸 호경의 동료들은, 산 아래로 가는 길에 호경의 옷에서 떨어진 것 같은 천 조각 하나만을 겨우 찾아냈다. 호경과 그 부인 예 씨는 결혼한 지 채 1년도 되지 않은 부부였다. 아직 자식도 없던 예 씨가 호경을 빨리 잊고 재가하기를 원했던 친구들은 호경의 집에 도달해 사건의 자초지종을 말하기 전, 거짓말을 꾸며내기에 이른다.

그들이 낸 생각이 바로 우리가 아는 신화였다. 사냥하다가 하룻밤을 보내기 위해 동굴을 하나 찾아 그곳에서 불을 피우고 쉬고 있었다. 그때 호랑이가 나타나서 모자를 던져 호랑이가 무는 모자의 주인이 호랑이를 유인하기로 하였다. 그리하여 모두 모자를 던졌더니 호랑이는 호경의 모자를 물었고, 호경이 호랑이를 유인하도록 동굴 밖으로 빠져나가니 동굴의 입구에 돌이 쏟아져 밖을 볼 수가 없었다. 목소리만은 들을 수 있었는데, 그 호랑이가 자신은 평나산신이고, 남편을 잃었으므로 호경이 새로운 남편이 되기를 바란다고 말하는 것도 모두 들었다.

호경은 그 평나산신과 결혼을 하여 산신이 되었고, 자기네들은 아침이 오자 입구를 막아놓았던 돌이 모두 갑자기 모래로 변하여 나올 수 있었다. 흐느끼는 예 씨를 보며 친구들은 거짓말을 한다는 죄책감에 마음이 아팠지만, 호랑이에게 물려 죽었다는 것보단 어딘가에서 잘살고 있다고 믿게 하는 것이 나으리라.

그로 인해 적당히 그 시대에는 믿을 만했고, 21세기에는 신화로 추앙받을 만한 이야기가 탄생하였다. 하지만 부인을 안심시킨 뒤 각자의 집으로 돌아가던 친구들은 천 년 뒤 호경과 부인에게 닥칠 그로 인한 시련을 예견하지 못했다. 당장 내일 자신이 죽을지 살지도 모르는 인간이 천 년 뒤의 일을, 그것도 예토[28]에서가 아닌 정토에서 일어날 일을 어떻게 알았겠는가?

천 년 후 정토에서 우연히 자신의 책을 읽은 호경은, 신화 속에서 자신이 산신이 된 이후에도 부인을 잊지 못해 꿈을 통해 아내를 만나러 왔으며, 아내는 꿈속의 만남을 계속하다 산신과 아이를 낳았고, 이름을 '강충'으로 지었다는 이야기를 보았다. 흘러 흘러 고려 왕조인 왕건의 선조와도 연결이 되는 등의 다른 것들은, 별로 중요치 않았다. 이미 죽은 후였던 자신을 대신해 아내와 정을 통한 자는 누구였던가? 자신의 아내가 천 년 가까이 곁에 있으며 거짓말을 하고 있었을 줄은 또 누가 알았을까? 배신감에 치를 떨며 호경은 부인에게 동화를 보여 주었다.

"나도 네가 그때 죽은 거라는 걸 여기 와서 알았어. 난 진짜 네가 산신이 된 줄 알았어!"

"그럼 왜 다시 날 만났을 때 얘기 안 했어? 내가 평생 모를 것 같아서 그랬던 거지?"

매서운 추궁에 부인은 고개를 숙인다.

---

28) 불교에서 등장하는 신과 보살이 사는 정토와 반대되는 공간으로, 인간들이 사는 사바세계

"……. 너무 외로워서 그랬어."

"왜 내 아이라고 했어? 외롭지만 정숙한 여자라는 타이틀은 얻고 싶었어? 그랬던 거지! 넌 옛날부터 그랬어, 이기적이었지!"

"이기적인 건 너지! 그때 나한텐 남편이 없었어. 왜 내가 바람이라도 핀 것처럼 이래? 빙빙 꼬지 말고 원하는 게 뭔지 얘기해! 이렇게 된 이상 나도 미련 없어. 이혼이든 뭐든 다 해줄 테니까, 얘기해!"

"왜 당당해? 내가 아무것도 모르고 온 줄 알아? 애 아빠 누군지 다 듣고 왔어!"

강충의 아버지는 호경의 친구 설우온이었다. 사냥을 같이 따라갔고, 슬퍼할 그의 부인을 위해 손수 거짓말을 지어낸 그 친구는 호경이 죽은 후 밤마다 호경 집의 담을 넘어 희소의 방에 들어가기 시작했다.

"어떻게, 어떻게 걔랑 그런 짓을 해? 재가를 안 한 이유를 그때 알았어. 설우온이랑 네가 어떻게 그래? 걔는 그때 딸도 있었는데!"

말을 하는 그의 눈앞이 점점 흐려지기 시작했다.

"너와 나 사이 아이만 있었어도, 나는 그런 짓 안 했을 거야."

"아, 이제 내 잘못이라는 거야?"

"……."

희소가 매달리듯 호경의 손을 잡으려 뻗었지만 차갑게 호경은 그 손을 쳐냈다. 눈을 감았다가 뜨자 눈물이 얼굴에 수직선을 그으며 땅으로 떨어졌다.

"희소야. 이게 무슨 꼴이냐? 살았을 때도 아니고 죽어서까지 이런 일로 우리가 싸워야 했니?"

천 년 이상을 거짓말로 이루어진 성에서 살며 그는 아무것도 느끼지 못했다. 참 멍청했지.

"차라리 재가하지 그랬어. 그랬으면 이 지경까지는 안 왔을 텐데….."

깨진 신뢰는 다시 붙일 수가 없다. 도자기도 깨진 것을 다시 붙여도 흔적이 남았다. 결국 호경과 부인 희소의 이야기는 이혼서류에 도장을 찍는 것으로 끝났다.

●

"동방삭, 오늘은 출장을 좀 갔다 와야 할 것 같아요."

매실을 먹으며 책상에 책들을 쌓고 읽는 예원이 책에서 눈을 떼지도 않은 채로 말했다. 어제 잠들기 전에도 읽고 있던 책인 것 같은데, 도대체 무슨 책이지?

여름엔 티셔츠에 청바지, 겨울엔 티셔츠에 청바지에 웃옷, 이 간단한 코디로 1년을 예원은 – 사실 무릉은 늘 따뜻했기 때문에 그의 말에 따르면 무릉으로 근무지를 옮긴 다음엔 웃옷을 입은 것이 손에 꼽힌다고 얘기했다 – 오늘은 그답지 않게 옷을 잘 차려입고 있었다. 머리도 풀어헤치거나 연필을 비녀 삼아 마구잡이로 묶은 것이 아니고 단정하게 묶은 것이 그가 새삼 미인이라는 것을 깨닫게 해주었다.

"어디에요?"

"바리데기29)의 처소에요."

바리데기. 혹은 바리공주라고 불리는 무당의 신. 한국에선 유명한 신이었지만 원래 중국 사람인데 한국으로 파견근무를 온 나로서는 그

---

29) 바리데기 설화의 주인공. 인간이었다가 무당의 신이 되었다고 한다.

녀에 대해 알고 있는 것이 많이 없었다. 그저 자비로운 성격이라는 것을 스치듯이 들었을 뿐이다.

"내가 어제 옷 잘 차려입고 출근하라고 내가 말했죠?"

어젯밤 잠들기 전에 내일은 평소보다 훨씬 단정한 옷을 입고 오라고 전했었다.

"보통 신들은 저희가 옷을 안 입고 나체로 춤을 춰도 상관을 안 하실 테지만, 그분은 인간 출신이라 그러면 안 돼요."

"저 혼자 가나요?"

끄덕끄덕.

"왜냐하면, 저는 그분 처소에 못가거든요. 또 따로 갈 곳도 있고요. 어, 이건 뭐야. *자청비*[30]*의 남편 문도령*[31]*이 자청비가 전을 구우라고 뒤집개를 주자, '자청비가 제게 뒤집개를 줬어요! 문도령은 자유예요!' 하고 나가다 정수남*[32]*에게 다시 끌려갔다⋯. 자청비가 '나 버리고 따님아기*[33]*랑 혼인하려는 너를 위해 작두까지 탄 기억만 나면 이가 갈린다. 전 되고 싶지 않으면 다시 와라.'라고 하였다. 흠, 내가 찾는 건 없네?"*

예원이 책을 뒤지며 중얼거리는 것이 들렸다. 책 제목이 궁금해져 그가 손에 들고 있는 책을 들여다보았다. '초록 말미잘과 추억의 심장으로 읽는 이상 : 13 아해, 무서운 일은 매일 있어?' 기괴함과 유치함을 넘나드는 저 이상한 제목은 설마?

"그거 라지엘의 서죠?"

---

30) 제주도 세경본풀이에 나오는 곡물의 신이다.
31) 자청비의 남편으로, 옥황상제의 아들.
32) 세경본풀이에 나오는 인물로, 자청비를 골리려다 죽임을 당한다. 후일 자청비에 의해 살아난다.
33) 문도령이 하늘에 올라가 결혼하려 했던 여자로, 자청비는 고난 끝에 따님아기를 제치고 문도령과 결혼한다.

세상 모든 비밀을 다 담고 있다는 라지엘의 서는 매일 대출하려는 사람이 엄청 많았기 때문에 늘 도서관의 구석에, 그것도 보통 사람은 무슨 내용일지 짐작도 안 가는 제목으로 자신을 숨기는 것으로 유명했다.

"설마 AD 2019년 판이에요?"

예원이 고개를 끄덕거렸다. 도서관에 가서 가까스로 찾았다며 자기를 스스로 칭찬하는 예원을 무시하며 말했다.

"난 AD 2018년 판도 못 찾았는데….."

그러자 예원이 가엾다는 듯 책에서 눈을 떼고 말했다.

"잘 찾아봐요. 참고로 2018년 판 제목은 「용달블루의 50가지 리본 묶기」였어요."

도서관에 다시 가서 뒤질 생각을 하다가 고개를 드니 예원이 다시 책에 고개를 박고 보고 있었다.

"바리데기…원한을 산…사자 중………없다고?"

작은 소리로 중얼거리더니 머리를 쓸어 올린다. 찾던 정보가 없는 것일 리는 없고, 결과가 예상했던 것과 다른 건가?

"뭐 찾으시는데요?"

"바리데기에게 원한을 샀던 사자 중에 살아남은 사자. 아니면 원한을 푸는 방법."

"찾으셨나요?"

신음을 내며 얼굴을 손에 묻은 그는 고개를 저었다. 이쯤 되면 예원과 사이가 좋은 신이 있는지조차 의문이다. 노 호정은 싫어하고, 도화선녀는 껄끄러워하고 바리데기는 아예 원한이라니. 나중에 사이가 좋은 신이 없는 것 같다고 말하니 '정치를 오래 하면 할수록 적이 많아 지는 것과 비슷한 이치지요. 내가 성격이 나쁜 게 아니라, 자연스러운 과정인 거예요.' 라고 했다. 그 말을 믿을 수 있을진 모르겠지만, 어쨌 든 그는 그렇게 말했다.

"장소 검색도 안 하시고 지난밤에 주소를 적어 주신 걸 보면 가본 적이 있으신 거죠? 그때 가서 원한이 생기신 거죠? 도대체 무슨 일이 있었던 거예요?"

내가 묻자 예원이 손에 묻고 있던 얼굴을 떼고 말을 하기 시작했다.

"얘기하다가 그분 심기를 내가 거스른 모양이더라고요. 밥그릇이 날라왔죠. 그다음은 반찬 그릇, 마지막은 국그릇. 뜨겁더라고요."

에이, 고작 그거? 칼도 안 날라 왔는데. 이런 생각을 하고 있던 찰나 에 예원이 눈을 부라렸다. 생각이 또 읽힌 모양이다.

"그거 사기그릇이었어요. 얼마나 아팠는지 알아요?"

근데 왜 신이 깨지면 위협이 되겠지만 안 깨진 사기그릇을 던진 거지?

"상을 엎었으니까 당연히 그릇이 날라 오죠. 칼 안 던졌다고 우습게 보지 마세요. 심지어 무조신이라고요, 무조신!"

귀신을 관장하는 무조신! 기억력이 비상한 그가 말하다 나쁜 추억이 다시 떠오르는지 태도가 점점 날이 서는 것이 느껴졌다. 바리데기의 사생활과 관련된 문제였기 때문에 자세히 말할 수는 없지만, 나는 가 면 곱게는 못 죽는다는 그를 위해 내가 대신 가야 했다. 예원도 출장 일정이 있었던지라, 같이 짐을 싸기 시작했다.

"거기는 여기에서 좀 머니까, 추오34)를 타고 가세요. 추오. 콜택시

---

34) 산해경에 나오는 상상의 동물. 임씨국(林氏國)에 살며 크기는 호랑이와 비슷하고, 오색 빛깔에 꼬리 가 몸보다 길며 이것을 타면 1000리를 갈 수 있다고 기록되었다.

내가 불러주지 않아도 되죠?"

고개를 끄덕거렸다. 저승에서 제일가는 콜택시라 해도 과언이 아니었다. 가방을 들고 동시에 나왔다. 예원이 문에 있는 원판을 근무에서 출장으로 돌렸다.

●

신라 헌강왕 시절, 신라에 무역을 위해 온 아라비아 상인이 있었다. 그는 달밤이면 늘 춤을 추고 노래를 불렀으며, 신라 사람들의 복색과는 다른 옷을 입고 있었다고 한다. 춤과 노래를 좋아하고, 그의 유능함까지 알아본 헌강왕은 그에게 벼슬을 내리고 절세가인의 미인을 부인으로 주었다. 그가 자신을 불렀던 이름을 우리는 알고 있다.

"안녕하십니까, 처용[35]."

사자의 안내를 받아 들어온 신라 시절 저택과 상당히 유사한 처소에서, 한없이 외로워 보이는 신을 앞에 두고 예원은 앉았다. 신라 시대 벼슬아치의 복식을 그대로 입고 있는 그는 피부가 까무잡잡하고 눈썹이 짙은 색을 띤 처용이었다.

"잘 왔네. 비형랑께서 아주 좋은 일을 하셨어. 자네라면 송화의 억울함을 풀어줄 수 있을 거야. 그치?"

부인이라니? 예원의 마음속에 의문이 살포시 날아와 자리를 잡았다. 죽은 후 처용처럼 신이 되지 못한 부인은 윤회의 고리에서 아직도 벗어나지 않고 있었다. 설마 그 천 년도 더 전의 부인을 이야기하는

---

35) 처용설화 속의 주인공. 비형랑처럼 귀신을 쫓는 능력이 있었다고 한다.

것은 아니겠지?

"내가 마치 무당이니, 질병을 쫓는 신이니, 그렇게 말하는 사람들이 있지만 그건 다 아무것도 모르는 사람들이 저 믿고 싶은 대로 떠드는 소리가 아닐 수 없어."

처용이 예고도 없이 말을 시작하자 예원이 다급히 수첩을 꺼내 글을 적기 시작했다. 처용은 업경 사용을 의뢰하지 않았기 때문에 대부분 내용은 녹음, 내지는 기록으로 남기는 수밖에 없었다.

"송화는 참 예뻤어. 물론 얼굴만 보고 좋아한 것은 아니었지, 송화는 얼굴만큼 마음씨도 비단결이었어."

젊은 얼굴을 가진 신이 노인의 투로 과거를 회상했다. 아내의 얼굴을 상상하는 듯, 허공을 보며 눈동자를 돌리는 것이 서글펐다.

"왕의 소개로 송화와 결혼하고 얼마 지나지 않아서 배를 탈 일이 생겼었어. 그때가 결혼하고 처음으로 떨어지는 거였는데, 금방 만날 수 있다는데 우는 송화가 주책맞다고 생각했지."

눈을 감으면 그때 울던 얼굴이 아직도 눈에 선했다. 그때 부인의 마지막 모습을 웃음이 아닌 눈물로 가득 채우도록 한 자신이 그토록 원망스러울 수가 없었다. 웃는 얼굴도 우는 얼굴도 예뻤지만, 마지막 보는 얼굴 웃는 얼굴이었으면 얼마나 좋았을까.

"금방 돌아왔지, 내 말대로, 금방 돌아왔어."

돌아온 기쁨에 달밤의 월성을 누비며 춤을 추던 그에게 전해진 소식. 다급히 달려온 그가 발견한 것은 죽어가는 사람과 사체만 가득한 마을이었다. 그 참혹한 광경 속에서, 노비들도 모두 도망간 저택에서 그는 방에 누워 죽은 아내를 보았다.

보고서를 쓰기 위해선 사실관계를 확실히 해야 하므로, 예원이 처용을 보며 물었다.

"그럼 아내분이 돌림병으로 돌아가신 것을 역신에게 빼앗겼다고 노래하신 게 처용가죠?"

나직이 그는 고개만 끄덕였다.

"그럼, 역신이 춤을 추는 처용을 보고 도망갔다. 처용의 얼굴을 그리면 병이 오지 않는다 이런 전승은 왜 생겨난 거죠?"

"내가, 천연두에 이미 걸렸었거든."

탄식이 새어 나왔다. 천연두는 한 번 걸린 사람은 다시 걸리지 않았다. 천연두에 면역이 있던 처용은 자신의 아내를 포함한 다른 사람들을 천연두에 걸렸지만 살아남은 사람들과 함께 묻었다. 신이 되면 만날 수 있을 줄 알았건만, 예토와 정토의 거리는 너무나도 멀다.

"그럼 처용. 무엇을 고치고 싶으신 거죠?"

그제야 처용이 자신이 하고픈 말을 할 시간이 왔다는 듯 예원의 눈을 보고 힘을 주어 또렷하게 말했다.

"내 아내가 마치 남편과 역신도 구분 못 하는 바보처럼 보이는 판본도 있고, 아내가 역신과 바람을 핀 것처럼 보이는 판본도 있더군. 난 그게 보기가 싫어. 송화를 만나러 가기 전, 송화의 이름을 깨끗하게 만들어주고 싶다."

이룰 수 없는 것을 바라는 처용을 예원이 가만히 바라보았다.

"처용, 안타깝지만 과거는 바꿀 수가 없습니다."

마치 사형선고를 받은 듯한 죄 없는 죄수의 표정을 하고, 그는 얼굴을 일그러뜨리며 울었다. 으흑, 어흐흑 흐느끼는 소리가 구슬프다.

"구전된 설화를 어찌 다 바꾸겠습니까? 죄송하지만 제가 할 수 있는 일이 없는 것 같습니다."

"그럼, 그럼 마마신에게 손해배상을 청구할 수는 있는가?"

고개를 절레절레 흔들었다.

"또, 안타깝지만 마마신은 1979년 WHO가 천연두가 근절되었다고 선언한 후 윤회의 길로 들어서 인간으로 살고 있습니다. 마마신은 없어요."

울음소리가 더 커졌다. 당황한 예원이 눈동자에서 9.0 진도의 지진 뺨치는 지진이 일어나고 있었다. 옆의 사자가 안절부절못하더니 가만히 예원의 몸을 두드렸다. 뒤를 돌아보니 나오라고 손짓을 한다.

"죄송합니다, 처용. 도움이 되지 못했습니다."

고개를 숙여 인사를 하고 도움이 되지 못한 것이 미안했던 예원이 도망치듯 처소에서 빠져나왔다. 배를 타는 곳까지 걸어가는 길을 사자가 안내해주었다. 가만히 걸어가다 사자가 입을 열었다.

"처용께선 곧 윤회의 길로 돌아가실 것입니다. 돌아가신 부인을 따라서요."

"아, 그렇군요."

신이었지만 권위를 잃었거나, 신으로 사는 삶에 지친 신들은 다시 윤회할 수가 있었다. 물론 실제로 그러는 신은 얼마 없었다.

사자가 한숨을 쉬며 하늘을 올려다보았다.

"부디 윤회의 고리에서는 두 분이 다시 만날 수 있기를 바랍니다."

천 년도 넘은 부인을 잊지 못해 겨우 나온 윤회로 다시 들어간다니, 이해가 되지 않았다. 애초에 아주 먼 옛날의, 자신에게 한이 서린 일도 아니고 오래 안 봐 거의 남처럼 여겨질 부인을 위해 이렇게 신이 의뢰한다는 것도 참 보기 드문 풍경인지라, 예원은 딱히 공감을 표하진 않았다.

"이해가 안 되나요?"

사자가 옆에서 말을 하는 내내 땅만 쳐다보며 걷는 예원을 보며 물었다. 눈치를 보며 망설이던 예원이 말하였다.

"네. 사랑이 그렇게 오래가는 것도 사실은, 믿기지 않습니다. 불경스러운 말처럼 느껴지실 테지만, 아내를 빼앗기신 억울함을 너무 오래 곱씹다 보니 그걸 아내분을 향한 사랑으로 착각하고 계신 것 아닐까요?"

"글쎄요. 처용만이 아시겠죠. 도착했네요, 가시죠."

무릉으로 가는 배가 나루터에 도착했다. 예원은 사자에게 꾸벅 인사를 하고 그곳을 떠났다.

●

따르릉!

"네, 무릉 고전·설화 소속 사자 동방삭입니다. 무슨 일이세요, 선생님?"

젊은 여성의 목소리가 들렸다.

☎ : 네, 사람을 찾고 싶어서요.

컹컹! 개 짖는 소리가 옆에서 들렸다.

"혹시 무슨 고전이나 설화 소속인지 말씀해주실 수 있나요? 사전정

보를 주시면 찾는 게 좀 빨라지거든요."

☎ :「동동」이라는 고전이에요.

"잠깐만요, 동⋯동? 맞나요?"

☎ : 네.

"혹시 동동에서 뭐라고 칭하는지 말씀해주실 수 있나요? 본명은 뭐
죠?"

☎ : 아, 녹사요. 녹사님. 본명은 정하예요, 손정하.

"네, 알겠습니다. 예약은 언제로 하시겠어요?"

☎ : 다음 주 금요일 2시도 되요?

"네, 괜찮아요. 그럼 그때로 하시겠어요?"

예원이 네, 네 하고 대답하는 소리가 나더니 전화를 끊는 소리가 들
렸다. 손정하⋯⋯. 이름을 어디서 본 것 같은데 내 착각인가?

전화를 끊고 예약 내용을 컴퓨터에 입력하던 고개를 돌려 나를 보았
다.

"아, 물어본다는 게 깜빡했네. 지난번에 바리데기한테 가서는 아무
일 없었죠?"

"별일 없었어요. 그냥 남편분 무장승 동수자께서 자기를 협박해서
결혼을 억지로 했다고⋯⋯. 고소하고 싶다고 하셨어요."

"애들 양육권에 대해서는?"

"얼굴도 기억 안 난다고 하시던데요. 죽고 나서 한 번도 만나본 적
없으시답니다. 무장승이 키우고 있을 것으로 추측하셨습니다."

뭐, 그럴 수 있지 하고 예원이 고개를 끄덕거렸다. 실제로 내가 물
었을 때도 그랬다.

‘정말 기억이 안 나시나요? 자식이 비록 9명이나 된다지만 당신 배로 낳으셨잖아요.’

‘내 배로 낳았으면 다 기억해야 하나? 얼굴도 기억 안 나고, 정도 없다.’

대수롭지 않은 얼굴로 답을 들으며 고개를 끄덕거리던 그가 궁금한 게 떠올랐는지 물었다.

"저승엔 왜 가셨답니까?"

말해도 될까? 에이, 어차피 녹음한 거 보면 알 텐데, 미리 말하는 것도 나쁘진 않지.

"죽을병에 걸렸는데, 찾아보니 약이 저승에만 있는 것이라 찾으러 가셨다고 합니다."

"별거 없네요."

"원래, 설화라는 게 부풀려지거나 미화되어서 전해지는 거 아니겠어요."

●

아무 민원도 들어오지 않았기에 옛 기록을 정리하고 있던 차에, 문이 열리는 소리와 함께 비형랑이 들어왔다. 평소의 옷차림 그대로 눈화장도 하지 않고 장신구도 하지 않은 모습이었다.

"무슨 일이십니까?"

일어나 인사를 하고 물으니 비형랑이 대답했다.

"지귀가 잡혔다."

지귀. 몇 달 전 무릉에 침입하여 기록을 모두 불태우고 달아난 화귀였다. 강림 도령을 비롯한 저승사자들이 인간계로 도망간 그를 붙잡고자 노력하고 있었다는 걸 들은 이후로 소식이 들려오지 않기에 포기하고 있었는데….

"그렇습니까? 그럼 방화에 대해 동기는 무엇인지 알아내셨나요?"

비형랑이 짜증이 난 표정으로 아니, 라고 짧게 말했다.

"잡는 과정에서 실수로 영혼을 소멸시켰다고 하더구나."

사람의 진정한 끝이었다. 영혼이 소멸하면 윤회도, 극락도, 지옥도 갈 수 없다. 지귀가 정말 영원히 죽은 것이었다.

"그럼 평생 왜 그가 원통했는지는 알 길이 없겠네요."

"그렇지."

아쉽지만 이미 소멸한 영혼에 대고 물어볼 수는 없었기 때문에 더는 그 일에 대해 생각하고 싶지 않았다. 알겠습니다, 하니 비형랑이 더 전해줄 말은 없는 듯 자리에서 일어나 나갔다.

"아쉽네요."

동방삭이 말했다. 그래, 나도 아쉽다. 궁금했는데.

"아, 그리고 손님 오기로 했었죠? 사람 찾는."

동방삭이 고개를 끄덕거렸다.

"6시에 온다고 했으니 얼마 안 남았네요. 준비하세요."

"네."

오다,
왔다
[작가의 편지]

Chapter 1. 꿈과 성장의 편지

송채은(1학년) - 청춘 중

방황하는 청춘의 이야기를 그려내고 싶었다. 꿈과 현실 사이에서 갈등하는 주인공의 모습에는, 자연스럽게 현재 나의 모습과 고민이 담겼다는 생각이 들었다. 이 소설을 쓰면서, 내가 머릿속에서 구상했던 장면들을 글로 표현하는 것이 얼마나 어려운 일인지를 다시 한번 깨달은 것 같다. 나의 서툰 글에 관심을 가져주고 따뜻한 칭찬과 정확한 피드백을 남겨준 동아리 부원분들 모두에게 진심으로 감사한 마음을 전한다.

최지민(2학년) - SUNSET, 삽화

올해 동아리를 처음 들어와서 소설을 창작해보았는데, 술술 읽히는 문장을 쓰기 위해서는 많을 생각이 필요하다는 것을 알게 되었습니다. 소설의 내용을 잡고 가는 것에 시간이 많이 소모되어 결말 부분을 급하게 끝낸 감이 있어 아쉽습니다. 서지원의 소설과 연작으로 진행하였는데, 두 소설의 시간대는 겹치지만, 전개되는 사건은 각자의 주인공에게 초점을 두어 진행해야 하는 것에 곤란을 겪었지만 어찌저찌 마무리는 짓게 되어 뿌듯하네요.

몇몇 부원들의 삽화 또한 진행을 하게 되었는데, 글로 설명된 장면을 그림으로 그 감정, 분위기 등이 드러나게끔 표현하는 것에 어려움을 겪었지만, 결과물을 나름 만족스럽게 나온 것 같습니다. 중간 중간에 피드백을 해준 부원들과 최수진 선생님, 초반 편지를 쓰는데 도움을 주고 삽화에 대해서도 말을 보태준 진서연에게 감사드립니다.

서지원(2학년) - SUNRISE

작년이나 지금이나 소설을 쓰는데 아쉬움이 남는 건 여전한 것 같습니다. 시작은 호기롭고 즐겁게 시작했으나 점점 시간이 지날수록 나도 모르게 지치게 되고 마음처럼 써지지 않아 미루고 또 미뤘던 제 모습이 생각이 나네요. 그럼에도 불구하고 이렇게 완성물이 나오는 데 있어서 오는 뿌듯함과 희열감 덕분에 끝까지 물고 늘어질 수 있었던 것 같습니다. 이번 소설에서는 꿈을 이뤄가는 과정에서의 두려움과 불안, 초조함 등을 주인공을 통해 표현하기 위해 노력했고, 이로 인해 누군가는 결국 원래의 꿈을 묻어둔 채 새로운 꿈을 향해 가고, 또 누군가는 이를 극복하게 됨으로써 꿈을 이뤄가는 데 꼭 정해진 길은 없다는 것을 말하고 싶었습니다. 힘든 시기가 겹쳐 시간도 많이 촉박했는데 열심히 소설도 쓰고 피드백도 아낌없이 해준 동아리 부원들과 저희를 잘 이끌어주신 최수진 선생님께 감사의 말을 전합니다.

정민서(1학년) - 너에게

이 동아리에 처음 들어왔을 때 내가 과연 글을 잘 쓸 수 있을까 걱정도 많이 했고 글을 쓰면서도 너무 막막한 것들이 많아서 힘들기도 했지만 잘 마무리 지은 것 같아서 다행이고, 많이 부족한 글에 피드백을 해주면서 조금 더 나은 글을 쓸 수 있게 도와주신 동아리 선배님들, 친구들 그리고 선생님께 감사의 마음을 전합니다.

우리가 사는 세상 속에서 나와 조금 다르다는 이유로, 혹은 아무 이유도 없이 누군가를 미워하는 사람들이 사라지게 되었으면 하고 독자 분들의 마음에 깊이 새겨지는 글이 되길 바랍니다.

정예원(2학년) - 허상

세상에 부조리한 일들이 일어날 때면 나는 '결과적으로 그 누구도 얻은 게 없는데 이런 일을 왜 시작했을까.' 라는 생각이 들곤 했습니다. 그리고 그런 생각이 이 스토리로 이어지게 되었습니다. 옳지 못한 방법으로 얻은 이익은 꼭 되돌아간다는 것을 주된 주제로 나쁜 일은 애초에 시작조차 하지 말아야 한다는 것을 전하고 싶었습니다.

이번 소설은 정말 우여곡절이 많았습니다. 소제목처럼 허상이 되어 내용이 없어질 뻔도 하였고 갈아엎고 처음부터 새로 쓰기도 하며 긴 기간 동안 만들었습니다. 결과물을 보니 스스로 뿌듯하고 시원한 기분이 듭니다. 저의 소설을 읽고 피드백해 준 동아리 부원들에게 고맙고 저의 눈물의 전화를 받고 위로해 주신 최수진 선생님께 감사하다고 말하고 싶습니다.

Chapter 2. 멀지않은 시간으로부터 온 편지

장예령(1학년) - 아스라이

짧은 이야기들을 써본 적은 있지만 직접 한 편의 소설을 써 출판하는 것은 이번이 처음입니다. 그래서인지 말 한마디도 많은 생각을 하고 공을 들여서 썼지만 이 점이 가장 어려웠던 점이었습니다. 사실 인문학 책 쓰기 동아리에 들어와서 소설 한 편을 쓰고 피드백을 받는다는 게 처음엔 부담스럽기도 했고 '내가 잘 할 수 있을까?' 하는 생각이 들었습니다. 그렇지만 좋은 동아리 부원들과 함께 이러한 경험을 해본 것만으로도 제 인생에서 정말 좋은 추억을 남긴 것 같고 제 글에 대해 많은 조언을 아낌없이 해주신 최수진 선생님과 선배님들 그리고 친구들에게도 모두에게 감사하다는 말을 전하고 싶습니다.

박주은(2학년) - 안부(安否)

이번 인문학 책쓰기 동아리에서는 정해진 틀 없이 오직 '편지'와 관련된 문장에 대해 자유롭게 쓰고 싶었던 자신만의 이야기를 적어놓은 다양한 챕터들로 구성되어있습니다. 편지보다는 주로 문자를 이용하는 현대인의 삶에 점점 사라져 가고 있는 편지에 대해 다시 한번 생각해보고 편지가 가지고 있는 그때의 느낌을 되살려보기 위해 부원들끼리 많이 노력했습니다.

글쓰기 활동을 이번에 두 번째로 참여하게 되면서, 소설을 창작한다는 것이 생각보다 쉽지 않은 일임을 다시 한 번 깨달았고 주어진 짧은 시간 내에 책을 완성해야 한다는 부담감에 내용을 빠듯하게 마무리 짓느라 서툰 점이 많습니다.

평소 적어보고 싶었던 대한민국의 1,900년대 일제강점기시대의 이야기를 써내려가며 제가 살았던 21세기가 아닌, 20세기 초반에 살았던 소녀들인 연우와 혜서의 이야기를 그려내는 과정에서 제가 살고 있는 이 시기와 다른 시기에 사는 소녀들의 이야기를 풀어내는 게 제가 찾는 자료로는 부족하고 당시의 소녀들의 마음을 표현하는 데는 부족함이 많았던 것 같습니다.

'일본군 위안부'라는 가볍지 않은 주제로 부족하지만 책을 썼던 것은, 우리가 절대 잊어서는 안 되는 그날의 역사를 많은 이들이 기억해주고, 소녀들이 원하는 사과 한마디를 일본에서 하루빨리 해주길 바라는 마음으로 경건한 마음을 담아 글을 써내려갔습니다. 조금 더 당시 역사에 대해서 조사를 해볼걸, 제가 찾은 최대한의 자료를 이용하여 당대의 분위기를 표현해보았으나 제 성에 차지 않는 것은 어쩔 수가 없는 것 같네요. 혜서의 미래는 앞으로 어떻게 되는지 궁금해하시는 분들이 계셨는데요, 혜서의 결말을 제대로 마무리 짓지 않은 것은 아직까지 그녀를 비롯한 위안부 피해자분들이 진정 원하시는 것을 얻지 못했기 때문입니다. 그들이 원하는 진정한 사과를 받기 전까지는 혜서와 연우의 이야기는 완벽히 끝날 수 없기 때문에, 그들이 일본으로부터 진심 어린 사과를 받게 되는 그 날 제가 적은 소설 '안부' 도 마무리가 될 것 같습니다.

두 번째 소설 창작 경험임에도 불구하고, 아직 많이 서툴지만 제 글을 보고 좋은 말을 많이 해주었던 가린이를 비롯한 부원들에게 감사함을 전합니다. 그리고 짧은 시간 동안 한편의 긴 소설을 써내느라 어려움이 많았을 텐데도 최선을 다해 글을 쓰며 고생 많았던 인문학 책쓰기 1학년 부원들, 무엇보다도 많이 바쁘셨을 텐데 누구보다 열정적으로 서툰 저희 부원들에게 힘을 주시며 포기하고 싶었는데도 항상 저에게 진심을 다해 곁에서 응원의 말을 건네주셨던 지도교사 최수진 선생님께 감사의 말씀을 전합니다. 덕분에 책을 무사히 완성할 수 있었어요. 2020년 도원고 '인문학 책쓰기' 친구들이 적어내리고 싶었던 내용들을 담아낸 「오다, 왔다」라는 책을 읽는 여러분도, 이 책을 읽으며 잠시나마 편지지에 그동안 하지 못했던 말을 다시 한번 작성해보는건 어떨까요?

이승하(2학년) - 정토국 무릉도원 고전설화 부서 : 설화의 재해석

일단 진서연에게 감사인사를 전하고 싶네요. 진서연이 무슨 소설을 쓸 건지 결정할 때 '신화와 고대전설을 편지 속에 암호처럼 넣고 그걸 풀어 가면 스토리였으면 좋겠다.' 라는 말에서 아이디어를 얻었습니다.

고마워요. 글이 진서연 마음에 들었으면 좋겠네요.

　정해진 주제는 없고 제가 쓰고 싶은 대로 설화를 재해석해서 쓴 것이니 글에서 뭔가를 배우려고 노력하시지 않으셔도 됩니다. 편하게 읽고 재밌었으면 재밌었다고, 지루했으면 지루했다고 솔직하게 얘기해주세요. 그런 걸로 상처받지 않습니다.

　김현감호의 이야기를 쓸 때 아무리 고쳐도 유치한 느낌이 없어지지 않아서 머리를 얼마나 쥐어뜯었는지 모르겠습니다. 지울까 생각도 했는데 괜찮다고 느껴졌다니 다행이네요. 잠깐 언급한 되는 바리데기 설화나 고전시가 「동동」도 다루고 싶었는데 부족했던 시간이 참 야속하네요. 또 끝에 가까워지면 가까워질수록 가면 글이 형편없게 느껴진다면, 그건 실제로도 끝에 갈수록 글이 엉망이기 때문입니다. 최종 수정본을 낼 때도 너무 지쳐 막 고치고 내서 많이 부족합니다. 마지막까지도 그냥 제 건 빼달라고 할까 고민했던 게 아직도 기억이 나네요.

　많은 분들이 예상하시지 못했겠지만, 예원이는 남자가 아닙니다. 그렇다고 여자도 아니고요. '그'는 여자와 남자를 모두 지칭하는 말로, 등장인물의 성별을 드러내고 싶지 않을 때 쓰는데요. 이런 단어와 이름 - 여자라는 느낌을 주기 위해 일부러 동아리 친구의 이름을 사용하기도 했는데-과 예쁘다는 묘사에도 불구하고 편견 없는 우리의 훌륭한 동아리 친구들은 아무도 예원이가 여자인지 남자인지 묻지 않더군요. 누군가 한 명은 물어볼 줄 알았는데… 작가는 슬펐습니다. 신비감을 주기 위해 일부러 캐릭터의 성별을 정하지 않았고 최대한 중성적인 느낌을 주려고 했는데 실패해서 아쉽습니다.

　예원이를 여자라고 생각하고 읽든, 남자라고 생각하고 읽든 작품을 이해하는 데는 별 무리가 없을 것입니다. 독자 분들 마음대로 하시지요.

저도 예원이가 남자인지 여자인지 모릅니다. 마음속으로 몰래 적어두고 정한 적 없다고 하는 거 아니야? 아닙니다. 아무것도 묻지 마세요, 저는 아는 게 없어요.

너무 겸손했던 것 같아서 최수진 선생님의 말에 따라 마지막 문장을 최대한 자신감을 끌어 모아 거만하게 쓰겠습니다. 이렇게 잘난 저의 잘 쓴 글을 읽어주고, 조언도 해준 잘난 동아리 친구들 고마워요. 모두 수고했어요.

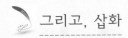 그리고, 삽화

진서연(2학년) - 삽화 및 디자인 총괄

상황과 분위기를 묘사하는 문자들을 그림이라는 시각적 요소로 표현해내려니 솔직히 상당한 부담이 되었습니다. 삽화로 인해 상상을 제한하기보다는 인물의 감정이 더욱 입체적이고 생생하게 느껴질 수 있도록 그리고 싶었습니다. 어떻게 하면 인물의 더 잘 드러낼 수 있을까, 어떤 연출이 더욱 효과적일까를 고민하다 보니 부담은 어느새 설렘으로 자리했습니다. 또한 이러한 과정은 제 꿈에 한 발짝 더 다가가는 활동이라 더욱 의미 있었던 것 같습니다. 제가 삽화를 그려낼 수 있도록 멋진 작품들을 써준 친구들과 후배들에게 감사의 말을 전합니다.

오다, 맛다

발 행 일 | 2021년 2월 28일

글 쓴 이 | 도원고등학교 '인문학 책쓰기' 동아리

엮 은 이 | 최수진

펴 낸 곳 | 매일신문사
대구광역시 중구 서성로 20
053-251-1421~3

출판등록 | 제 25100-1984-1호

값   15,000원

ISBN 979-11-90740-09-8